일침

일침

1판 1쇄 발행 2012. 3. 27.
1판 25쇄 발행 2019. 4. 11

지은이 정민

발행처 김영사
발행인 고세규
등록 1979년 5월 17일(제406-2003-036호)

주소 경기도 파주시 문발로 197(문발동) 우편번호 10881
전화 마케팅부 031)955-3100, 편집부 031)955-3200 | 팩스 031)955-3111

값은 뒤표지에 있습니다.
ISBN 978-89-349-5640-2 03810

홈페이지 www.gimmyoung.com   블로그 blog.naver.com/gybook
페이스북 facebook.com/gybooks   이메일 bestbook@gimmyoung.com

좋은 독자가 좋은 책을 만듭니다.
김영사는 독자 여러분의 의견에 항상 귀 기울이고 있습니다.

일침 一針

달아난 마음을 되돌리는 고전의 바늘 끝

정민

김영사

내 안에 내가 없다. 사실도 진실도 없고 풍문만 있다. 전부 아니면 전무全無, 내 편 아니면 네 편만 있지 중간이 없다. 나는 저만치 던져두고, 사람들은 세상을 위해 싸운다. 사생결단하고 싸운다. 잃어버린 나를 어디서 찾을까? 달아난 나와 어디서 만날까? 똑바로 보고 올바로 살고 싶은데 세상은 진흙탕 속, 먼지 구덩이다.

혀는 칼이 되고, 말은 독침이 되어 여기저기서 날아와 박힌다. 정신도 덩달아 몽롱하다. 이럴 때 정문일침頂門一針이 필요하다. 그 한 바늘 끝에 막혔던 혈도가 풀린다. 달아났던 마음이 화들짝 돌아온다.

오래 아껴 만지고 다듬었던 글들이다. 저마다 시절의 표정이 담겼고, 내면의 풍상이 녹아들었다. 말을 아끼고 글을 줄이고 싶지만, 그마저도 뜻 같지가 않다. 차고술금借古述今은 옛 것을 빌어 지금에 대해 말한다는 뜻이다. 현실이 답답하면 옛 글에 비추어 오늘을 읽었다. 이 책에 실린 글들은 해묵은 구리거울에 오늘을 비춰 본 상우천고尙友千古의 소산이다. 흐리거나 희미하지 않다.

쓸 때는 그냥 썼고, 네 갈래로 묶는다. 1부는 마음의 표정, 2부는 공부의 칼끝, 3부는 진창의 탄식, 4부는 통치의 묘방이라 이름 붙인다. 내 마음을 다스리는 공부가 차츰 사물과 세상을 향해 뻗어 가는 추기급물推己及物의 순서를 의식했다.

글 제목이 모두 네 글자다. 이른바 4자성어다. 네 글자에 담긴 뜻이 넓고 깊다. 고작 네 글자로 문화의 담론을 이끌어 내는 지적 전통 속에 내가 속한 것이 자랑스럽다. 하고 나니 현학의 언어도 얼마간 섞였다. 이렇게 작은 소통의 길을 내 본다. 함께 나누고 싶다.

2012년 꽃봄
행당서실에서

정 민

차례   서언 — 4

마음의 표정 1

공부의 칼끝

2

통치의 묘방

4

마음의 표정

1
—
一針

일생에 단 한 번 딱 한 차례의 만남

—期—會

    일기一期는 일차一次이니, 단 한 차례다. 일회一會는 딱 한 번의 만남이다. 만세일기萬歲一期요 천재일우千載一遇는 진晉나라 원언백袁彦伯의 말이다. 1만 년에 단 한 번, 1천 년에 단 한 차례뿐인 귀한 만남이다. 이 한 번, 이 한 순간을 위해 우리는 몇 겁의 생을 기다려 왔다. 단 한 번의 일별一瞥에 우리는 불붙는다. 스쳐 가는 매 순간순간을 어찌 뜻없이 보낼 수 있겠는가.

    소동파蘇東坡의 「승천사의 밤 나들이〔記承天寺夜遊〕」란 글이다.

    원풍 6년 10월 12일 밤이었다. 옷을 벗고 자려는데 달빛이 창문으로 들어왔다. 기뻐서 일어났다. 생각해 보니 함께 즐길 사람이 없었다. 마침내 승천사로 가서 장회민을 찾았다. 회민 또한 아직 잠자리에 들지 않고 있었다. 서로 함께 뜰 가운데를 거닐었다. 뜰 아래는 마치 빈 허공에 물이 잠겼는데, 물속에 물풀이 엇갈려 있는 것만 같았다. 대나무와 잣나무의 그림자였다. 어느 날 밤이고 달이 없었으랴. 어덴들 대나무와 잣나무가 없겠는가? 다만 우리 두 사람처럼 한가한 사람이 적었을 뿐이리라.

元豐六年十月十二日夜, 解衣欲睡, 月色入戶, 欣然起行. 念無與樂者, 遂至承天寺尋張懷民. 懷民亦未寢. 相與步於中庭. 庭下如積水空明, 水中藻荇交橫, 蓋竹柏影也. 何夜無月, 何處無竹柏, 但少閑人如吾兩人耳.

달은 어느 밤이나 뜬다. 나무 그림자는 어디에도 있다. 하지만 그날 밤 내 창문으로 넘어온 달빛, 그 달빛에 이끌려 벗을 찾은 발걸음, 마당에 어린 대나무 그림자, 말없이 바라보던 두 사람이 있어 그 달빛 그 그림자가 일생에 하나뿐이요 단 한 번뿐인 것이 되었다. 만남은 맛남이다. 모든 만남은 첫 만남이다. 매 순간은 최초의 순간이다. 우리는 경이 속에 서 있다.

심한신왕

마음이 한가해야 정신이 활발하다

|

心閒神旺

청淸말의 전각가 등석여鄧石如의 인보印譜를 뒤적이는데 '심한신왕心閒神旺'이란 네 글자를 새긴 것이 보인다. 마음이 한가하니 정신의 활동이 오히려 왕성해진다는 말이다. 묘한 맛이 있다. 내가 『천자문』 중에서 제일 좋아하는 네 구절은 이렇다.

성품이 고요하면 정서가 편안하고,
마음이 움직이면 정신은 피곤하다.
참됨을 지켜야만 뜻이 온통 가득 차고,
외물을 따라가자 뜻이 함께 옮겨 간다.

性靜情逸　心動神疲
守眞志滿　逐物意移

　고요해야 평화가 깃든다. 마음이 이리저리 휘둘리면 정신이 쉬 지친
다. 참됨을 간직하니 뜻이 충만해진다. 바깥 사물에 정신이 팔리면 뜻
을 가누기가 힘들다. 고요해야 활발하다. 흔들리면 어지럽다.
　잡다한 속사에 치어 이리저리 끌려다니다 보면 뜻도 덩달아 미친
널을 뛴다. 답답해 깊은 산속을 찾아서도 머릿속엔 온통 딴 궁리만 가
득하다. 정신이 왕성한 것과 마음이 바쁜 것을 혼동하면 안 된다. 고
이기가 무섭게 퍼 가기 바빠 마음은 이내 바닥을 드러낸다. 정신은 늘
피폐해 있다. 왜 이러고 사나 싶은 생각이 하루에도 몇 번씩 불쑥불쑥
솟는다.
　송나라 때 이종이李宗易가 「정거靜居」란 시를 지었다.

　　마음이 넉넉하면 몸도 따라 넉넉하니
　　몸 한가한데 마음만 바쁨 다만 걱정 이것일세.
　　마음이 한가로워 어디서건 즐긴다면
　　조시朝市와 구름 산을 따질 것 굳이 없네.
　　大都心足身還足　只恐身閑心未閑
　　但得心閑隨處樂　不須朝市與雲山

　문제는 마음이다. 마음이 여유로워 한갓지면 일거수일투족에 유유
자적이 절로 밴다. 걱정할 일은 몸은 한가로운데 마음이 한가롭지 못

한 상태다. 갑자기 일에서 놓여나 몸이 근질근질해지면, 공연히 쓸데없는 생각이 많아진다. 몸뚱이는 편한데 마음은 더없이 불편하다. 관건은 몸을 어디 두느냐가 아니라 마음을 어디에 두느냐에 달려 있다. 사람은 '마음이 넉넉해 몸도 따라 넉넉해야지(心足身還足)', '몸은 한가한데 마음은 한가롭지 못한(身閑心未閑)' 지경이 되면 안 된다.

일 없는 사람이 마음만 바쁘면 공연한 일을 벌인다. 마음이 한가로우면 정신의 작용이 활발해져서 건강한 생각이 샘솟듯 솟아난다. 내 마음의 상태를 어떻게 유지할까? 나는 마음이 한가로운 사람인가? 몸만 한가롭고 마음은 한가롭지 못한 사람인가? 그도 아니면 몸이 하도 바빠 마음을 잃어버린 사람인가?

점수청정

인생의 봄날은 쉬 지나간다

——

點水蜻蜓

두보의 「곡강曲江」시 제4구는 '인생에 칠십은 옛날에도 드물었네〔人生七十古來稀〕'란 구절로 유명하다. 칠십 세를 고희古稀라 하는 것이 이 구절에서 나왔다. 그는 퇴근 때마다 칠십도 못 살 인생을 슬퍼하며 봄옷을 저당 잡혀 술이 거나해서야 귀가하곤 했다. 시의 5,6구는 이렇다.

꽃 사이로 나비는 깊이깊이 보이고
물 점 찍는 잠자리 팔랑팔랑 나누나.
穿花蛺蝶深深見　點水蜻蜓款款飛

아름다운 봄날의 풍광을 절묘하게 포착했다. 거나해진 퇴근길에서 눈길을 주는 곳은 만발한 꽃밭 사이를 헤집고 다니는 나비들, 잔잔한 수면 위로 꽁지를 살짝 꼬부려 점 하나를 톡 찍고 날아가는 잠자리들이다. 여기저기 들쑤석거리며 잠시도 가만 못 있고 부산스레 돌아다니는 그들은 봄날의 고운 풍광을 속속들이 들여다보았겠지. 그는 자꾸만 그들이 부러워서 그 꽁무니를 따라 꽃밭 사이와 수면 위를 기웃기웃하곤 했다.

송나라 때 유학자 정이程頤는 자신의 어록에서 나비와 잠자리를 노래한 위 두 구절을 두고 두보가 이런 쓸데없는 말을 도대체 왜 했는지 모르겠다고 투덜댔다. 그 경치나 정감의 묘사에 교훈도 없고 세상에 보탬도 되지 않아 아무 영양가 없다는 뜻으로 한 말이다. 꽃 사이를 이리저리 헤매는 나비나 수면 위로 경쾌하게 점을 찍는 잠자리가 도학의 입장, 실용의 안목에서 보면 확실히 쓸데없기는 하다. 하지만 그런가. 짧지 않은 인생을 건너가게 해 주는 힘은 모두 이런 쓸데없는 데에서 나온다.

시詩가 밥을 주나 떡을 주나. 예술이 배를 부르게 하는가. 하지만 인간은 개나 돼지가 아니니 밥 먹고 배불러 행복할 수는 없다. 인생이 푸짐해지고 세상이 아름다워지려면 지금보다 쓸데없는 말, 한가로운 일이 훨씬 더 많아져야 한다. '쓸데'에 대한 생각은 저마다 다른데, 다들 영양가 있고 쓸데 있는 말만 하려다 보니 여기저기서 없어도 될 싸움이 끊이지 않는다.

실용과 쓸모의 잣대만을 가지고 우리는 소중한 것들을 너무 쉽게 폐기해왔다. 고희는커녕 백세百歲도 드물지 않은 세상이다. 수명이 늘어난 것을 마냥 기뻐할 수만 없다. 삶의 질이 뒷받침되지 않은 장수는 오히려 끔찍한 재앙에 가깝다. 올 한 해는 좀 더 쓸데없는 말을 많이 하고, 봄날의 풍광을 더 천천히 기웃거리며 살아 보리라 다짐을 둔다. 인생의 봄날은 쉬 지나고 말 테니까.

선성만수

매미 울음소리에 옛 사람을 그리네

|

蟬聲滿樹

퇴계 선생이 주자朱子의 편지를 간추려 『회암서절요晦菴書節要』란 책을 엮었다. 책에 실린, 주자가 여백공呂伯恭에게 답장한 편지는 서두가 이랬다.

수일 이래로 매미 소리가 더욱 맑습니다. 매번 들을 때마다 그대의 높은 풍도를 그리워하지 않은 적이 없습니다.

제자 남언경南彦經과 이담李湛 등이 퇴계에게 따져 물었다. 요점을 간추린다고 해 놓고 공부에 요긴하지도 않은 이런 표현은 왜 남겨 두었느냐고.
퇴계가 대답했다.

생각하기 따라 다르다. 이런 표현을 통해 두 사람의 정이 얼마나 깊었는지 알 수 있다. 단지 의리의 무거움만 취하고 나머지는 다 빼면 사우師友 간의 도리가 이처럼 중요한 것인 줄 어찌 알겠는가. 나는 여름날 나무 그늘에서 매미 울음소리가 들릴 때마다 주자와 여백공 두 분 선생의 풍모를 그리워하곤 한다.

나무의 높은 가지에서 우는 매미 소리를 들으면서, 주자는 여백공의 높은 인격을 그렸다. 퇴계는 그 소리를 듣고 두 사람 사이에 오간 그 마음을 떠올렸다. 남언경과 이담은 공부하는 사람의 엄정함을 들어 편지 서두의 의례적 인사말을 왜 삭제하지 않았느냐고 따졌다. 같은 표현에서 읽은 지점이 달랐다. 퇴계에게 매미 소리는 높은 인격을 사모하는 촉매였지만, 두 사람에게는 시끄러운 소음이었을 뿐이다.
의리의 무거움만 알아 깊은 정을 배제하는 데서 독선獨善이 싹튼다. 뼈대가 중요하지만 살이 없으면 죽은 해골이다. 살을 다 발라 뼈만 남겨 놓고 이것만 중요하다고 하면 인간의 체취가 사라진다. 명분만 붙들고 사람 사이의 살가운 마음이 없어지고 보니 세상은 제 주장만 앞세우는 살벌한 싸움터로 변한다. 퇴계 선생의 이 말씀이 더욱 고마운 까닭이다. 윤증尹拯도 이 뜻을 새겨, 그의 「청선聽蟬」 시에서 이렇게 노래했다.

며칠 새 매미 소리 귀에 가득 해맑아
고개 돌려 높은 풍도 그리워하게 하네.
數日蟬聲淸滿耳　令人回首溯高風

매미 울음소리가 도처에 낭자하다. 새벽 아파트 베란다 창에 한 마리가 붙어 울면 온 식구 잠이 다 깬다. 학교 숲길은 종일 아이들 합창 대회 연습장 같다. 이언진李彦瑱의 다음 구절을 붓글씨로 써서 문 위에 써 붙인다.

저녁 볕 들창에 환하고
매미 소리 나무에 가득타.
斜陽明窓　蟬聲滿樹

무더위에 찌들었던 마음이 비로소 환하게 펴진다.

관물찰리

사물을 보아 이치를 살핀다

|

觀物察理

공주에서 나는 밀초는 뛰어난 품질로 유명했다. 정결하고 투명해서 사람들이 보배로운 구슬처럼 아꼈다. 홍길주洪吉周(1786-1841)가 그 공주 밀초를 선물로 받았다. 그런데 불빛이 영 어두워 평소 알던 품질이 아니었다. 살펴보니 다른 것은 다 훌륭했는데, 심지가 거칠어서 불빛이 어둡고 흐렸던 거였다. 그는 『수여연필睡餘演筆』에서 이 일을 적고 나서 이렇게 덧붙였다.

마음이 거친 사람은 비록 좋은 재료와 도구를 지녔다 해도 사물을 제대로 관찰할 수가 없다.

밀초의 질 좋은 재료가 그 사람의 집안이나 배경이라면, 심지는 마음에 견준다. 아무리 똑똑하고 배경 좋고 능력이 있어도, 심지가 제대로 박혀 있지 않으면 밝은 빛을 못 낸다. 겉만 번드르한 헛똑똑이들이다.

뿔 있는 짐승은 윗니가 없다. 날개가 있으면 다리는 두 개뿐이다. 꽃이 좋으면 열매가 시원찮다. 이런 관찰을 나열한 후 이인로李仁老(1152-1220)가 내린 결론은 이렇다. "사람도 다를 게 없다. 재주가 뛰어나면 공명은 떠나가서 함께하지 않는다."『파한집破閑集』에서 한 말이다. 이 말을 받아 고상안高尙顔(1553-1623)은 이렇게 노래했다.

> 소는 윗니 없고 범은 뿔이 없거니
> 천도는 공평하여 부여함이 마땅토다.
>
> 牛無上齒虎無角　天道均齊付與宜

뛰어난 재주로 명성과 공명을 함께 누리려 드는 것은 뿔 달린 범과 같다. 기다리는 것은 재앙뿐이니 어찌 삼가지 않겠는가.

어떤 사람이 야생 거위를 잡아 길렀다. 불에 익힌 음식을 먹이자 거위가 뚱뚱해져서 날지 못했다. 어느 날인가부터 거위가 음식을 먹지 않았다. 한 열흘쯤 굶더니 몸이 가벼워져서 허공으로 날아가 버렸다. 이 이야기를 전해들은 이익李瀷(1681-1763)이 말했다. "지혜롭구나. 스스로를 잘 지켰도다." 먹어서 안 될 음식을 양껏 먹고, 그 맛에 길들여져서 살을 찌우다, 마침내 날지 못하게 되어 잡아먹히고 마는 인간 거위는 우리 주변에 얼마든지 많다. 성호 이익 선생은 77항목에 걸친 관물 일기를 남겼다.『관물편觀物篇』이 그것이다.

사물 속에 무궁한 이치가 담겨 있다. 듣고도 못 듣고, 보고도 못 보는 뜻을 잘 살필 줄 알아야 한다. 그것을 옛 사람들은 관물觀物이라고 했다. 사물에 깃든 이치를 찬찬히 들여다보는 것은 찰리察理다. 눈으로 보지 않고 마음으로 보고, 마음을 넘어 이치로 읽을 것을 주문했다.

말은 간결해도 뜻은 깊어야

辭間意深

사복蛇福은 『삼국유사』에 나오는 고승이다. 어머니가 돌아가시자 그는 원효를 찾아가 포살계布薩戒를 지으라고 요구한다. 원효가 시신 앞에 서서 빌었다.

> 태어나지 말지니, 죽는 것이 괴롭나니
> 죽지 말 것을, 태어남이 괴롭거늘.
> 莫生兮其死也苦　莫死兮其生也苦

사복이 일갈했다. "말이 너무 많다." 원효가 다시 짧게 고쳤다.

죽고 남이 괴롭구나.

死生苦兮

처음엔 14자였는데, 4자만 남겨 할 말을 다 했다.

다음은 『논어』 「위령공衛靈公」의 한 구절이다.

> 악사 사면師冕이 공자를 뵈러 왔다. 계단에 이르자 공자께서 "계
> 단입니다" 하시고, 자리에 이르자 공자께서 "자리입니다" 하셨다.
> 모두 앉자 공자께서 일러 주셨다. "아무개는 여기 있고, 아무개는
> 여기 있습니다."
>
> 師冕見, 及階. 子曰: "階也." 及席, 子曰: "席也." 皆坐, 子告之曰: "某在
> 斯, 某在斯."

옛날 궁정의 악사는 장님이었다. 앞이 안 보이는 그가 찾아오자 공
자께서 친히 나가 맞이하는 장면이다. 원문으로 27자밖에 안 되는 짧
은 글인데, 시각 장애인을 배려하는 공자의 자상함과 그 자리의 광경
이 눈에 선하다.

홍석주洪奭周(1774-1842)는 『학강산필鶴岡散筆』에서 그 문장의 간결하
고 근엄함에 대해 감탄했다. 그는 먼저 '모두 앉았다'고 한 표현에 주
목했다. 공자와 다른 사람들이 앉아 얘기하는 중에 사면이 온 것이다.
이미 앉아 있던 사람들을 '모두 앉았다'고 한 것에서 다들 일어선 것
을 알 수 있다. 고작 악사 하나가 왔는데 왜 일어났을까? 스승인 공자
께서 일어나시는 바람에 다른 사람들이 일어나지 않을 수 없었던 것이

다. 공자께서 일어나신 것은 어찌 아는가? 공자께서는 관복 입은 사람과 맹인을 보면 나이가 아무리 어려도 반드시 일어나셨다는 다른 기록이 남아 있다. 이 장면을 우리더러 쓰라고 했다면 서사가 몇 배는 길어졌을 것이다.

당나라의 문장가 한유韓愈가 말한 글쓰기의 비법은 이러하다.

풍부하나 한 마디도 남기지 않고
간략하되 한 글자도 빠뜨리지 않는다.
豊而不餘一言, 約而不失一辭.

한 글자만 보태거나 빼도 와르르 무너지는 그런 맵짠 글을 쓰라는 말씀이다. '사간의심辭簡意深', 말은 간결해도 담긴 뜻이 깊어야 좋은 글이다. 말의 값어치가 땅에 떨어진 세상이다. 다변多辯과 밀어蜜語가 난무해도 믿을 말이 없다. 사복이 원효에게 던진 '말이 많다'는 일갈이 자주 생각난다.

허정무위

텅 비어 고요하고 담박하게 무위하라

|

虛靜無爲

이식李植이 아들에게 써 준 편지의 한 대목이다.

근래 고요한 중에 깊이 생각해 보니, 몸을 지녀 세상을 사는 데는 다른 방법이 없다. 천금의 재물은 흙으로 돌아가고, 삼공三公의 벼슬도 종놈과 한 가지다. 몸 안의 물건만 나의 소유일 뿐, 몸 밖의 것은 머리칼조차도 군더더기일 뿐이다. 모든 일은 애초에 이해를 따지지 않고 바른 길을 따라 행해야 한다. 그래야 나중에 실패해도 후회하는 마음이 없다. 이것이 이른바 순순히 바름을 받아들인다는 것이다. 만약 이해를 꼼꼼히 따지고 계교를 절묘하게 적중시켜

얻으면 속으로는 부끄러움을 면치 못하고, 실패하면 후회를 못 견 딜 것이다. 그때 가서 무슨 낯으로 남에게 변명하겠느냐.

또 말했다.

「원유부遠遊賦」에서는 '아득히 텅 비어 고요하니 편안하여 즐겁 고, 담박하게 무위無爲하자 절로 얻음이 있다〔漠虛靜而恬愉, 淡無爲而自 得〕'고 했다. 이 말은 신선이 되는 첫 단계요, 병을 물리치는 묘한 지 침이다. 늘 이 구절을 외운다면 그 자리에서 도를 이룰 수가 있다.

이의현李宜顯이 말했다.

재물은 썩은 흙〔糞土〕이요, 관직은 더러운 냄새〔臭腐〕다. 군자의 입장에서 보자면 말할 것조차 못된다. 온 세상은 어지러이 온 힘을 다해 이것만을 구하니 슬퍼할 만하다. 탐욕스럽고 더러운 방법으 로 갑작스레 부자가 되거나, 바쁘게 내달려 출세해서 건너뛰어 높 은 자리에 오른 자는 모두 오래 못 가서 몸이 죽거나 자손이 요절 하고 만다. 절대로 편안하게 이를 누리는 경우란 없다. 조물주가 분수 밖의 복을 가볍게 주지 않음이 이와 같다. 구구하게 얻은 것 으로 크게 잃은 것과 맞바꿀 수 있겠는가? 이는 아주 사소한 것일 뿐인데도 보답하고 베풀어 줌이 이처럼 어김이 없다. 하물며 흉악 한 짓을 멋대로 하고 독한 짓을 마구해서 착한 사람들을 풀 베듯 하고서 스스로 통쾌하게 여기던 자라면 마침내 어찌 몰래 죽임을 당함이 없겠는가? 하늘의 이치는 신명스러워 두려워할 만하다.

　이 말을 듣고 간담이 서늘할 사람이 적지 않겠다. 무소불위無所不爲
의 권력을 믿고 세상을 농단하던 자들의 말로는 늘 비참했다. 지금까
지 제 눈으로 확인한 것만도 수없이 많았을 텐데 자신만은 예외일 것
으로 믿다가 뒤늦게 땅을 친다. 아! 너무 늦었다.

욕로환장

보여줄 듯 감출 때 깊은 정이 드러난다

—

欲露還藏

강가를 왕래하는 저 사람들은
농어 맛 좋은 것만 사랑하누나.
그대여 일엽편주 가만히 보게
정작은 풍파 속을 출몰한다네.
江上往來人　但愛鱸魚美
君看一葉舟　出沒風波裏

　송나라 때 범중엄范仲淹이 쓴 「강가의 어부〔江上漁者〕」란 작품이다. 현
실에 역경이 있듯 강호에는 풍파가 있다. 강가엔 농어회의 향기론 맛

과 푸근한 인심만 있는 것이 아니다. 거기는 거기대로 찬 현실이 기다린다. 녹록치가 않다. 힘들고 어려워도 정면 돌파해야지, 자꾸 딴 데를 기웃거려선 못 쓴다. 실컷 먹고 배 두드리는 함포고복含哺鼓腹과 가난해도 즐거운 안빈낙도安貧樂道의 삶은 기실 강호가 아닌 내 마음 속에 있다.

육시옹陸時雍은 이 시를 이렇게 평했다. "정을 잘 말하는 자는 삼키고 토해 냄을 잘 조절해 드러낼 듯 외려 감춘다." 욕로환장欲露還藏! 보여 줄 듯 도로 감춘다는 표현에 묘미가 있다. 원래 범중엄은 입만 열면 귀거래歸去來를 되뇌며 현실을 나무라고 탓하는 자들에게 할 말이 아주 많았던 듯하다. 제 한 몸 깨끗이 한다며 현실을 모두 등진다면 세상은 어찌 되겠는가? 하지만 시인은 그 끝만 슬쩍 드러내 보여 주었을 뿐 내놓고 비난하진 않았다.

시뿐 아니라 세상 일이 다 그렇다. 미녀의 늘씬한 몸매도 보일 듯 말 듯 아슬아슬 감출 때 매력이 있지, 활씬 다 벗어부치면 추하고 역겹다. 저만치 혼자서 핀 꽃은 조금 떨어져 멀리서 바라보는 것이 옳다. 윤선도가 「어부사시사」에서 '강촌의 온갖 꽃이 먼빛에 더욱 좋다'고 노래했던 이유다. '먼빛에'와 '저만치'의 거리가 필요하다. 가지 않고 남겨 둔 여백이 있어야 한다.

송나라 때 소강절邵康節은 이렇게 노래했다.

> 좋은 술 마시고 살포시 취한 뒤에
> 예쁜 꽃 절반쯤 피었을 때 보노라.
> 美酒飮敎微醉後　好花看到半開時

거나하게 취해 활짝 핀 꽃을 꺾는 것이 잠깐은 통쾌하겠지만, 아침에 깨고 보면 영 후회스럽다. 다 털어 끝장을 봐서 후련한 법이 없다. 갈 데까지 가면 공연히 볼썽사나운 꼴만 보게 된다. 말 한마디에 울컥해서 오랜 친구를 칼로 찌르고, 한때의 분을 못 이겨 할머니와 소녀가 지하철에서 맞장을 뜨는 세상이다. 말에 독이 들고, 혀가 칼이 된다. 간직해 남겨 둔 여백을 잊고 산 지가 오래되었다.

전미개오

미혹을 돌이켜 깨달음을 활짝 열자

|

轉迷開悟

명나라 진계유陳繼愈(1558-1639)의 『안득장자언安得長者言』의 한 대목.

고요히 앉아 본 뒤에야 보통 때의 기운이 들떴음을 알았다.
침묵을 지키고 나니 지난날의 언어가 조급했음을 알았다.
일을 줄이자 평소에 시간을 허비했음을 알았다.
문을 닫아걸고 나서 평일의 사귐이 지나쳤음을 알았다.
욕심을 줄인 뒤에 평소 병통이 많았던 줄을 알았다.
정을 쏟은 후에야 평상시 마음 씀이 각박했음을 알았다.
靜坐然後知平日之氣浮. 守默然後知平日之言躁.

省事然後知平日之費閑. 閉戶然後知平日之交濫.
寡欲然後知平日之病多. 近情然後知平日之念刻.

　마음의 평화는 어디서 오는가? 말이 떨어지기 무섭게 건너오는 경
박한 대꾸는 피곤하다. 할 일 안 할 일 가리지 않고 욕심 사납게 그러
쥐는 탐욕은 사람을 지치게 한다. 엉덩이를 가만 붙이지 못하고 여기
저기 기웃대는 오지랖, 나 없으면 금세 큰일이라도 날 줄 아는 자만.
이런 것들 때문에 삶의 속도는 자꾸만 빨라지고, 일상은 날로 복잡해
진다. 마음은 어느새 저만치 달아나 돌아올 줄 모른다. 마음을 놓친 삶
은 허깨비 인생이다. 차분히 가라앉혀, 한 마디라도 더 줄인다. 일을
조금 덜어 내고, 외부로 향한 시선을 안으로 거둔다. 욕심을 덜어, 따
뜻한 마음을 나눈다. 그제야 삶이 조금 편안해진다. 눈빛이 맑아지고
귀가 밝아진다. 마음속에 고이는 것이 있다.
　고려 때 혜심慧諶 스님(1178-1234)이 눈 온 날 아침 대중들을 모아 놓
고 법단에 올랐다. 주장자를 한 번 꽝 내리치더니, 낭랑하게 시 한 수
를 읊었다.

　　대지는 은세계로 변하여 버려
　　온몸이 수정궁에 살고 있는 듯.
　　화서華胥의 꿈 뉘 능히 길이 잠기리
　　대숲엔 바람 불고 해는 중천에.
　　大地變成銀世界　渾身住在水精宮
　　誰能久作華胥夢　風撼琅玕日已中

시의 제목이 「눈 온 뒤 대중에게 보이다〔因雪示衆〕」이다. 그는 무엇을 대중들에게 보여 주고 싶었던 걸까?

밤사이 온 세상이 은세계로 변했다. 수정 궁궐이 따로 없다. 어제까지 찌든 삶이 눈떠 보니 달라졌다. 하지만 달콤한 꿈은 깨게 마련이다. 내린 눈은 금세 녹는다. 바람은 대숲을 흔들어 쌓인 눈을 털고, 해님은 중천에 높이 솟았다. 대중들아! 이제 그만 꿈에서 깨나라. 전미개오轉迷開悟! 미망迷妄을 돌려 깨달음을 얻자. 눈은 다시 녹아도 어제의 나는 내가 아니다. 새 눈 새 마음으로 새 세상을 맞이하자.

감이후지

구덩이를 만나면 넘칠 때까지 기다린다

—

坎而後止

신흠申欽(1566-1628)이 1613년 계축옥사癸丑獄事 때 김포 상두산象頭山
아래로 쫓겨났다. 계축옥사는 대북 일파가 소북을 축출키 위해 영창대
군을 옹립하려 했다는 구실로 얽어 꾸민 무고였다. 그는 근처 가현산
歌絃山에서 흘러내린 물이 덤불과 돌길에 막혀 웅덩이를 이루던 곳에
정착했다. 먼저 도끼로 덤불을 걷어 내고, 물길의 흐름을 틔웠다. 돌을
쌓아 그 위에 한 칸 띠집을 짓고, 내리닫는 물을 모아 연못 두 개를 만
들었다.

한 칸 초가에는 감지와坎止窩란 이름을 붙였다. 감지坎止는 물이 구덩
이를 만나 멈춘 것이다. 『주역』에 나온다. 기운 좋게 흘러가던 물이 구

덩이를 만나면 꼼짝없이 그 자리에 멈춘다. 발버둥을 쳐 봐야 소용이 없다. 가득 채워 넘쳐흐를 때까지 기다리는 수밖에. 애초에 구덩이에 들지 말아야 했으나, 이것은 물의 의지 밖의 일이다.

그는 「감지와명坎止窩銘」을 지어 소회를 남겼다. 『주역』 간괘艮卦를 부연해서 풀이했다.

그칠 때 그친 것은 위로 공자만 못하고, 붙들어 그친 것은 아래로 유하혜柳下惠에 부끄럽다. 구덩이에 빠지고야 멈췄으니 행함이 부끄럽지만, 마음만은 형통하여 평소와 다름없네. 그칠 곳에 그쳐서 낙천지명樂天知命 군자 되리.

時止而止, 上不及仲尼. 援之而止, 下怍於士師. 坎而後止, 其行恥也. 維心之亨, 其素履也. 止於所止, 竊庶幾樂天知命之君子.

감지坎止는 습감괘習坎卦에도 나온다. 습감괘는 거듭 험난에 빠지는 형국이다. 사람의 그릇은 역경과 시련 속에서 분명히 드러난다. 구덩이에 갇혀 자신을 할퀴고 절망에 빠져 자포자기하는 이가 있고, 물이 웅덩이를 채워 넘칠 때까지 원인을 분석하고 과정을 반성하며 마음을 다잡아 재기하는 사람이 있다. 후자라야 군자다. 소인은 대뜸 남 탓하며 원망을 품는다.

그 아들 신익성申翊聖(1588-1644)은 「감지정기坎止亭記」에서 또 이런 뜻을 피력했다. 가파른 시련의 습감괘 다음에는 오래되어 막힌 것이 다시 통하는 형상의 이괘離卦가 기다린다. 역경 속에서 내실을 기해 신실함을 지키면, 다시 기회를 얻을 수가 있다. 섣부른 판단으로 지레 포기하거나 소극적으로 움츠러들기만 할 일은 아니다. 정치적 실의와 좌절에 처해 『주역』의 논리를 빈 자기 다짐의 우의寓意가 깊다. 시련의 날에 하고 싶은 말이 좀 많았겠는가? 하지만 꾹 참고 주변을 정리했다. 습지의 물길을 틔워 쓸모없던 땅에 새 터전을 마련했다.

중정건령

알맞고 바르면 건강하고 영활하다

中正健靈

　다도茶道는 차와 물과 불이 최적의 조합으로 만나 이뤄 내는 지선至
善의 경지를 추구한다. 초의艸衣 스님은 차 안의 신령한 기운을 다신茶
神이라 하고, 다신을 불러내려면 차와 물과 불이 '중정中正'의 상태로
만나야 함을 강조했다.
　먼저 좋은 찻잎을 제 때 따서 법대로 덖는다. 찻잎을 딸 때는 계절을
따지고 시간과 날씨도 가린다. 덖을 때는 문화文火와 무화武火, 즉 불
기운의 조절이 중요하다. 물은 그 다음이다. 좋은 물이라야 차가 제
맛을 낸다. 다만 알맞게 끓여야 한다. 물이 덜 끓으면 떫고, 너무 끓으
면 쉰다. 이제 차와 물이 만난다. 차를 넣어 우린다. 적당량의 차를 적

절한 시점에 넣고, 제때에 따라서 우려낸다. 이러한 여러 과정 중에 하나만 잘못되어도 다신茶神은 결코 제 모습을 보여 주지 않는다. 찻잎을 따서 덖고, 찻물을 길어 끓이며, 찻잎을 넣어 우리는 모든 과정에 '중정'의 원리가 적용된다. 더도 덜도 아닌 꼭 알맞은 상태가 '중정'이다. 다도는 결국 이 각각의 단계를 효율적으로 관리하는 체계를 얻는 데 달렸다.

인간의 삶에 비춰 봐도 중정의 원리는 중요하다. 차가 정신이면 물은 육체에 견줄 수 있다. 정신과 육체가 조화를 유지하고, 문무를 겸비하며, 때의 선후를 잘 판단하는 것이 성공의 비결이다. 세상이 나를 알아줘도 내가 그에 걸맞은 자질을 못 갖추었다면 물은 좋은데 차가 나쁜 것이다. 내 준비가 덜 됐는데 세상이 나를 부르거나, 내가 준비되었을 때 세상이 나를 돌아보지 않음은 문무文武가 조화를 잃은 것에 해당한다. 비록 차와 물과 불이 조화를 얻는다 해도, 너무 서두르거나 미적거려 중정을 잃으면 차 맛을 버리고 만다. 과욕을 부려 일을 그르치거나, 상황을 너무 낙관하다가 다 된 밥에 코를 빠뜨리는 경우다.

초의는 「동다송東茶頌」에서 노래한다.

> 체體와 신神이 온전해도 중정中正 잃음 염려되니
> 중정이란 건健과 영靈이 나란함에 불과하네.
> 體神雖全猶恐過中正　中正不過健靈倂

차 좋고 물 좋아도 중정을 잃으면 차가 제 맛을 잃고 만다. 중정은 차건수령茶健水靈, 즉 물이 활기를 잃지 않아 건강하고 차가 신령스런

작용을 나타내는 최적의 상태를 뜻한다. 다신은 그제야 정체를 드러낸
다. 사람 사는 일도 다를 게 하나 없다. 삶이 중정의 최적 상태를 유지
하려면 어찌 잠시인들 경거망동할 수 있겠는가?

지운영, 「청계자명淸溪煮茗」, 간송미술관 소장

그칠 데를 알아서 그쳐야 할 때 그쳐라

―

知止止止

지지지지知止止止는 그침을 알아 그칠 데 그친다는 말이다. 지지知止
는 노자의 『도덕경』 44장에 나온다. "족함 알면 욕 되잖코, 그침 알면
위태롭지 않다. 오래 갈 수가 있다〔知足不辱, 知止不殆, 可以長久〕." 32장에
는 "처음 만들어지면 이름이 있다. 이름이 나면 그칠 줄 알아야 한다.
그침을 알면 위태롭지 않다〔始制有名, 名亦旣有, 夫亦將知止. 知止所以不殆〕"고
했다.

고구려 을지문덕이 수나라 장수 우중문에게 보낸 시는 이렇다.

기찬 책략 천문 꿰뚫고

묘한 계산 지리 다했네.
싸움 이겨 공이 높으니
족함 알아 그만두게나.
神策究天文　妙算窮地理
戰勝功旣高　知足願云止

제4구는 피차간에 『도덕경』을 읽었다는 전제 아래 꺼낸 말이다. "그만 까불고 돌아가라. 그렇지 않으면 다친다." 을지문덕이 우중문에게 전달한 메시지는 정확하게 이런 것이다. 상대를 추켜세우는 척하면서 은근히 부아를 돋웠다. 우중문은 이러한 심리전에 휘말려 실수에서 돌이킬 수 없는 참담한 패배를 맛보았다.

고려 때 이규보는 자신의 당호를 지지헌止止軒으로 지었다. 지지止止는 『주역』「간괘艮卦」「초일初一」에서 "그칠 곳에 그치니 속이 밝아 허물이 없다〔止于止, 內明無咎〕"고 한 데서 나왔다. 이규보는 "지지라는 말은 그칠 곳을 알아 그치는 것이다. 그치지 말아야 할 데서 그치면 지지가 아니다"라고 부연했다. 그는 또 말한다. 범이나 이무기는 산속이나 굴속에 있어야 지지다. 범이 산속에 안 있고 도심에 출몰하면 사람들은 재앙으로 여겨 이를 해친다. 엊그제도 도심에 뛰어든 멧돼지가 총에 맞아 죽었다.

늘 '이번만', '한 번만', '나만은'이 문제다. 이미 도를 넘었는데 여태 아무 일 없었으니 이번에도 괜찮겠지 방심하다가 큰 코를 다친다. 그침을 아는 지지知止도 중요하지만, 이를 즉각 실행에 옮기는 지지止止가 더 중요하다. 그칠 수 있을 때 그쳐야지, 나중에는 그치고 싶어도 그칠 수가 없다. 그쳐서는 안 될 때 그쳐도 안 된다. 사람은 자리를 잘 가려야 한다. 꼭 있어야 할 자리에 있는 것이 지지止止다. 떠나야 할 자리에 주저 물러앉아 있으면 결국 추하게 쫓겨난다. 그런데 그 분간이 참 어렵다. 우리가 공부하는 이유는 결국 이 분간을 잘 세우기 위해서다. 있어야 할 자리, 나만의 자리는 어딘가? 지금 선 이 자리는 제자리인가?

시련과 적막의 시간이 필요하다

艱危寂寞

이기기 좋아하는 자는 반드시 지게 마련이다.
건강을 과신하는 자가 병에 잘 걸린다.
이익을 구하려는 자는 해악이 많다.
명예를 탐하는 자는 비방이 뒤따른다.

好勝者必敗, 恃壯者易疾, 漁利者害多, 騖名者毁至.

청나라 신함광申涵光(1619~1677)이 『형원진어荊園進語』에서 한 말이다.
앞만 보고 내닫던 발걸음이 주춤해지는 세밑이다. 언제나 좋기만 한
세월은 없다. 한꺼번에 내닫다가 걸려 넘어진다. 몸을 과도하게 혹사

하여 병을 얻는다. 내 승리는 남의 패배를 밟고 얻은 것이다. 칭찬만
원하면 비방이 부록으로 따라온다. 한 자락 쉬어 되돌아보고, 점검하
며 다짐하는 내성內省의 시간이 필요하다.

송익필宋翼弼(1534-1599)의 「객중客中」시는 이렇다.

나그네 살쩍 온통 흰 눈과 같고
사귐의 정 모두 다 구름인 것을.
시련 속에 사물 이치 분명해지고
적막해야 마음 근원 드러난다네.
세상 멀어 누구 말을 믿어야 할까
외론 자취 헐뜯음 분간 안 되네.
산꽃은 피었다간 다시 떨어지고
강 달은 둥글었다 이지러지네.

旅鬢渾如雪　交情總是雲
艱危明物理　寂寞見心源
世遠言誰信　蹤孤謗未分
山花開又落　江月自虧圓

나그네로 떠돌다 물에 비친 제 낯을 보니, 귀밑머리 털이 성성하다.
그 많던 친구들도 구름처럼 흩어져 아무도 없다. 뼈아픈 간난艱難의 시
간을 겪고 나니 그제야 비로소 세상 이치가 분명하게 보인다. 그땐 왜
몰랐을까? 적막 속에 자신과 맞대면하는 동안 내 마음의 밑자락을 가
늠하게 되었다. 세상길은 이미 저만치 빗겨 있으니, 가늠 없이 이러쿵

저러쿵 하는 말에 마음 쓰지 않으리라. 홀로 가는 길에서 이런저런 비방쯤은 개의치 않겠다. 꽃은 지게 마련이니, 지는 꽃을 슬퍼하랴. 달은 찼다간 기우니, 특별히 마음 쓸 일이 아니다.

특별히 시의 3,4구가 마음에 와 닿는다. 사람에게는 간위艱危의 시련만이 아니라 적막한 성찰의 시간이 필요하다. 역경이 없이 순탄하기만 한 삶은 단조하고 무료하다. 고요 속에 자신을 돌아볼 줄 알아야 마음의 길이 비로소 선명해진다. 이 둘을 잘 아울러야 삶이 튼실하다. 시련의 때에 주저앉지 말고, 적막의 날들 앞에 허물어지지 말라. 이즈러진 달이 보름달로 바뀌고, 눈 쌓인 가지에 새 꽃이 핀다.

사상념려

생각 관리가 경쟁력이다

———

思想念慮

사람은 생각 관리를 잘 해야 한다. 생각에도 종류가 참 많다. 념念은 머리에 들어와 박혀 떠나지 않는 생각이다. 잡념雜念이니 염원念願이니 하는 말에 그런 뜻이 담겼다. 상想은 이미지(相)로 떠오른 생각이다. 연상聯想이니 상상想像이니 하는 말에서 알 수 있다. 사思는 곰곰이 따져 하는 생각이다. 사유思惟나 사색思索이 그 말이다. 려慮는 호랑이가 올라탄 듯 짓누르는 생각이다. 우려憂慮와 염려念慮가 그것이다. 생각은 종류에 따라 성질이 다르므로 어휘에서도 뒤섞이지 않는다. 사려思慮는 깊어야 하나 염려念慮나 상념想念은 깊으면 못 쓴다. 사상思想은 따져서 한 생각이 어떤 꼴을 갖게 된 것이다. 곰곰한 생각이 머리를 떠나지 않을 때는 사념思念이라 한다.

사람의 경쟁력은 생각 관리의 능력에서 나온다. 불교의 가르침은 무념무상無念無想이 목표다. 마음 위에 얼룩진 상념想念을 깨끗이 닦아 내야 참나〔眞我〕의 실체와 만난다. 깨달음은 텅 빈 마음이 세계와 만나 이루는 작용이다. 기독교에서는 묵상默想과 명상瞑想을 권한다. 조용히 생각하고, 눈 감고 생각하는 것이 아니라, 생각을 침묵시키고 잠재우자는 것이다. 그래야 지혜와 명철이 생겨난다. "자네는 도무지 생각이 없군!"이라고 할 때 생각은 사려思慮 쪽이지 상념想念 쪽은 아니다. 상념이 너무 많으면 꿈자리가 늘 어지럽다. 요컨대 좋은 생각을 키우고 쓸데없는 생각을 몰아내는 것이 공부의 관건이다.

사람의 눈은 종일 바깥 사물을 보므로 마음도 덩달아 밖으로 내달린다. 사람의 마음은 종일 바깥일과 접하므로 눈도 따라서 바깥을 내다본다. 눈을 감으면 자신의 눈이 보이고, 마음을 거두면 자신의 마음이 보인다. 마음과 눈이 모두 내 몸에서 떠나지 않고 내 정신을 손상치 않음을 일러 '존상存想'이라고 한다.

凡人之目, 終日視外事, 故心亦逐外走. 凡人之心, 終日接他事, 故目亦逐外瞻. 閉目卽見自己之目, 收心卽見自己之心. 心與目, 皆不離我身, 不傷我神. 謂之存想.

청나라 사람 진성서陳星瑞가 『집고우록集古偶錄』에서 한 말이다. 눈을 감으면 상념이 떠올라 사념이 끝이 없다. 존상存想은 떠다니는 생각이 함부로 날뛰지 못하게 잘 붙들어 두는 것이다. 생각이 미쳐 날뛰면 마음이 못 견딘다. 마음이 생각에 부림을 당하면 얼빠지고 넋 나간 얼간이가 된다. 놀러나가기 쉬운 마음을 잘 간수하는 것을 유가에서는 구방심救放心 공부라 했다.

배고픔을 견뎌야 무늬가 박힌다

南山玄豹

윤증尹拯(1629-1714)이 게으른 선비에게 준 시에 이런 것이 있다.

열심히 공부 하려면 조용해야 하는 법
남산의 안개 속 표범 보면 알 수 있네.
그대 집엔 천 권의 서적이 있건만
어이해 상머리서 바둑이나 두는 겐가.
多少工夫靜裏宜　南山霧豹可能知
君家自有書千卷　何用床頭一局棊

공부는 외면한 채 바둑 같은 잡기로 세월을 낭비함을 나무란 내용이다.

시 속에 남산무표南山霧豹, 즉 남산 안개 속에 숨어 있는 표범 이야기는 한나라 유향劉向의 『열녀전列女傳』에 나온다. 도답자陶答子란 사람이 있었다. 3년간 질그릇을 구워 팔았다. 명예는 없이 재산만 세 배나 불었다. 그의 아내가 돈벌이에만 혈안이 된 남편에게 여러 차례 그러지 말라고 간했다. 도답자는 들은 체도 않고 부의 축적에만 몰두했다. 5년이 지나 그가 엄청나게 치부해서 백 대의 수레를 이끌고 돌아왔다. 집안사람들이 소를 잡고 그의 금의환향을 축하했다. 도답자의 아내가 아이를 안고서 울었다. 시어머니는 이 기쁜 날 재수 없이 운다며 그녀를 크게 나무랐다.

그녀가 대답했다. "남산의 검은 표범〔玄豹〕은 안개비가 7일간 내려도 먹이를 찾아 산을 내려오지 않는다고 합니다. 그 털을 기름지게 해서 무늬를 이루기 위해, 숨어서 해를 멀리하려는 것이지요. 저 개나 돼지를 보십시오. 주는 대로 받아먹으며 제 몸을 살찌우지만, 앉아서 잡아먹히기를 기다릴 뿐입니다. 나라가 가난한데 집은 부유하니 이것은 재앙의 시작일 뿐입니다. 저는 어린 아들과 함께 떠나렵니다." 시어머니가 화가 나서 그녀를 내쫓았다. 1년이 못되어 도답자는 도둑질한 죄로 죽임을 당했다.

어린 표범은 자라면서 어느 순간 짙고 기름진 무늬로 문득 변한다. 그 변화가 참으로 눈부시다. 『주역』에도 '군자표변君子豹變'이라고 했다. 군자는 표범처럼 변한다는 뜻이다. 부스스 얼룩덜룩하던 털이 내면이 충실해지면서 어느 순간 빛나는 무늬로 바뀐다. 사람도 마찬가지다. 공부를 차곡차곡 축적해서 문득 반짝이는 지혜를 갖추게 된다. 당장 먹고 사는 일에 얽매여 공부를 내팽개친 채 여기저기 기웃대면, 문채文彩는 갖추어지지 않고 그저 지저분한 개털만 남는다. 잠깐의 포만감과 빛나는 문채를 맞바꾼다면 민망하지 않겠는가?

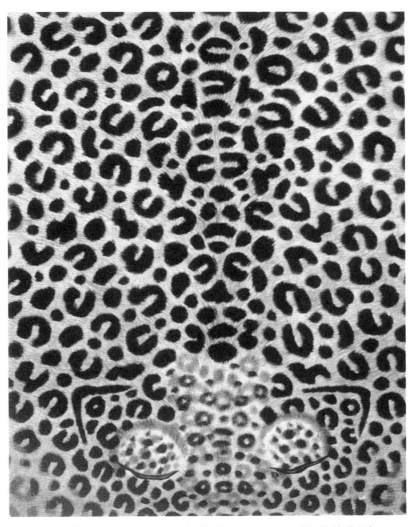

김홍도, 「표피도豹皮圖」 부분, 비단에 먹, 옅은 색, 109.0×67.0cm, 평양조선미술관 소장

소나무 그림자를 무늬로 지닌 물고기

松影變魚

이덕무의 『이목구심서耳目口心書』에 가사어란 물고기 이야기가 나온다.

지리산 속에 연못이 있다. 그 위에 소나무가 죽 늘어서 있어 그
그림자가 언제나 연못에 쌓인다. 못에는 물고기가 있는데 무늬가
몹시 아롱져서 마치 스님의 가사와 같으므로 이름 하여 가사어袈裟
魚라고 한다. 대개 소나무의 그림자가 변화한 것이다. 잡기가 매우
어렵다. 삶아 먹으면 능히 병 없이 오래 살 수 있다고 한다.

智異山中有湫. 湫上松樹森列. 其影恒積于湫, 有魚文甚斑爛若袈裟,
名爲袈裟魚. 盖松影所化也. 得之甚難, 烹食則能無病長年云.

묘한 여운이 남는 얘기다.

김종직金宗直은 운봉 사는 벗이 귀한 가사어 한 마리를 보내오자 고마운 뜻을 담아 시 한 수를 지었다.

> 달공사 아래쪽에 물고기가 있는데
> 자줏빛 갈기 얼룩 비늘 맛은 더욱 좋다네.
> 진중한 광문廣文께서 맛보지도 않고서
> 천령 땅 병부病夫 집에 문득 가져왔구려.
> 達空寺下水梭花　紫鬐斑鱗味更嘉
> 珍重廣文甞不得　却來天嶺病夫家

이 가사어가 산다는 연못은 지리산 반야봉 아래 용유담龍遊潭이다. 지금의 함양군 마천면 송전리다.『신증동국여지승람』함양군 조 용유담龍遊潭 기사를 보면, 가사어는 지리산 서북쪽 달공사達空寺 옆 돝못〔猪淵〕에 살다가, 가을에 물길 따라 용유담으로 내려온다. 그리고 봄에 다시 돝못으로 돌아간다고 했다. 고기가 오르내릴 때를 기다려 바위 폭포 사이에 그물을 쳐 놓으면 고기가 뛰어오르다가 그물 속에 떨어진다고 잡는 방법까지 적어 놓았다. 달공사는 전북 운봉 지역에 있던 절이다.

유몽인柳夢寅의「유두류산록遊頭流山錄」에는 가사어가 오직 용유담에서만 난다는 언급이 있고, 이수광李睟光은『지봉유설』에서 색이 송어와 같이 빨갛고 맛이 매우 좋다고 적었다. 최기철 선생은『민물고기를 찾아서』란 책에서 가사가 탐貪 · 진瞋 · 치癡의 욕심을 버렸다는 표시로 승려들이 빨간색의 세 띠를 어깨에 걸치는 의복이라 하고, 물고기에 빨간 줄 셋이 있고 상류로 회유하는 물고기는 황어뿐이라며 가사어의 정체를 황어의 일종으로 추정한 바 있다.

　연못 위로 쌓이는 소나무 그림자를 제 무늬로 만들었다는 가사어. 잡기도 어렵지만 삶아 먹으면 병 없이 오래 살 수 있다는 전설적인 물고기. 다른 곳은 절대로 가지 않고 용유담과 돝못 사이에서만 산다. 지금은 없어진 지 오래되었지만.

담박영정

맑게 헹궈 내어 고요 속에 침잠하라

|

淡泊寧靜

언어의 소음에 치여 하루가 떠내려간다. 머금는 것 없이 토해 내기 바쁘다. 쉴 새 없이 떠든다. 무책임한 언어가 난무한다. 허망한 사람들은 뜬금없는 소리에 그만 솔깃해져서 그러면 그렇지 한다. 풍문이 진실로 각인되는 것은 한순간이다. 그 곁에서 회심의 미소를 흘리며 이익을 챙긴다. 입이 열 개로도 할 말 없을 짓을 하고 나서 제가 외려 분하고 억울하다고 항변한다. 이런 말은 너무 피곤하다. 그 말에 우르르 몰려다니며 희희덕거리는 행태는 너무 가볍다.

도대체 침묵의 힘을 잊은 지 오래다. 예산 추사 고택 기둥에는 주자가 말한 '반일정좌半日靜坐, 반일독서半日讀書'란 구절이 추사의 글씨로 걸려 있다. 하루의 절반은 고요히 앉아 마음을 기르고, 나머지 절반은 책을 읽는다. 이런 태고적 운치야 우리가 누릴 수 있는 것이 아니지만, 마음먹기 따라 정좌靜坐의 시간을 늘일 수는 있을 것이다.

청나라 주석수朱錫綬는 『유몽속영幽夢續影』에서 이렇게 말했다.

고요히 앉아 보지 않고는 바쁨이 정신을 얼마나 빨리 소모시키는지 알지 못한다. 이리저리 불려 다녀 보지 않으면 한가로움이 정신을 얼마나 참되게 길러 주는지 알지 못한다.

不靜坐, 不知忙之耗神者速. 不泛應, 不知閑之養神者眞.

내성內省의 침잠 없이 허둥지둥 바쁘기만 하면 영혼의 축대가 그 서슬에 주저앉는다. 자신과 맞대면하는 시간을 늘여나가야 바깥의 경쟁력도 강화된다.

제갈공명은 아들에게 이런 훈계를 남겼다.

군자의 행실은 고요함으로 몸을 닦고, 검소함으로 덕을 기른다. 담박함이 아니고는 뜻을 밝게 할 수가 없고, 고요함이 아니면 먼 데까지 이르지 못한다.

夫君子之行, 靜以修身, 儉以養德. 非淡泊無以明志, 非寧靜無以致遠.

자신을 끊임없이 비우고 헹궈 내는 담박淡泊과 내면으로 침잠하는 영정寧靜의 시간이 절대적으로 필요하다. 제 뜻이 환해지면(明志), 그제서야 먼 데까지 갈 힘이 생긴다(致遠). 머금지 않고 쏘아 대니 세상이 시끄럽다. 비울 줄 모르고 욕심 사납게 먹어 댄 결과 소화불량에 걸린다. 제 허물을 감추려고 남을 덥석 문다. 제 부족을 숨기자니 허풍이 는다. 바람 드는 북창 아래서 무현금無絃琴을 어루만지던 도연명陶淵明의 그 침묵과 정좌의 시간이 그립다.

작비금시

지난 잘못을 걸고 옳은 지금을 간다

|

昨非今是

지난 해 학술회의차 대만에 갔을 때, 묵었던 호텔 로비 벽에 걸린 대련 글씨에 마음이 끌렸다.

고요 속에 언제나 지난 잘못 생각하고
한가할 땐 젊은 날 읽던 책을 다시 읽네.
靜裏每思前日過　閑時補讀少年書

반성 없는 나날은 발전이 없다. 지난 잘못을 돌이켜 오늘의 밑바대로 삼는 자세가 필요하다. 앞으로 나가는 것만 알고, 뒤를 돌아볼 줄 모르면 슬프다. 그래서 젊은 시절 읽었던 책을 먼지 털어 꺼내 읽으며, 한 번씩 오늘 내 삶의 자세를 가다듬어 보는 것이다.

도연명은 「귀거래사歸去來辭」에서 이렇게 말했다.

이제껏 마음이 육신의 부림 받았으니
어이 구슬피 홀로 슬퍼하리오.
지나간 일 소용없음 깨달았지만
앞일은 따를 수 있음 알고 있다네.
실로 길 잃음이 아직 멀지 않으니
지금이 옳고 지난날이 그른 줄을 깨닫는다오.
旣自以心爲形役　奚惆悵而獨悲
悟已往之不諫　知來者之可追
實迷塗其未遠　覺今是而昨非

붕 떠 있던 허깨비 인생을 걷어 내고, 내가 주인 되는 삶을 살겠다는 선언이다.

작비금시昨非今是! 어제가 잘못이고 오늘이 옳다. 사람은 이렇듯 나날이 향상하는 작비금시의 삶을 살아야지, 잘 나가다 실족하는 작시금비昨是今非의 길을 가면 안 된다. 춘추시대 위衛나라 대부 거백옥蘧伯玉은 50세 때 인생을 돌아보곤 지난 49년간의 삶이 잘못되었음을 알았다. 그래서 지난 날의 나와 과감히 결별하고 자신의 삶을 새로 포맷했다. 50세를 '지비知非'라고도 하는데, 여기서 나온 말이다. 『회남자淮南子』「원도훈原道訓」에 보인다. 명나라 때 정선鄭瑄은 자신의 거처 이름을 아예 작비암昨非庵으로 지었다. 그 안에서 날마다 지난 삶을 돌아보며 허물을 걷어 냈다. 인생의 성찰을 담은 『작비암일찬昨非庵日纂』이란 귀한 책을 남겼다.

　돌아보면 왜 그랬나 싶다. 눈에 뭔가 씌었던 것이 틀림없다. 욕심을 털고, 탐욕을 내려놓고, 내닫기만 하던 마음을 거두자 숨이 잘 쉬어진다. 지금이 옳았다. 그때는 왜 몰랐을까? 사람들은 늘 반대로 한다. "그때가 좋았어"만 되뇌다가 금쪽같은 '지금'을 탕진한다. 한꺼번에 만회하려다 더 큰 수렁에 빠진다. 단박에 뒤집으려다 회복 불능이 된다. 로또로 역전되는 인생은 없다. 벼락같은 행운은 더 큰 비극의 시작일 뿐이다.

호
추
불
두

문지도리는 결코 좀먹지 않는다

|

戶樞不蠹

상용商容은 노자의 스승으로 알려진 인물이다. 그가 세상을 뜨려 하자 노자가 마지막으로 가르침을 청했다. 상용이 입을 벌리며 말했다. "혀가 있느냐?" "네 있습니다." "이는?" "하나도 없습니다." "알겠느냐?" 노자가 대답했다. "강한 것은 없어지고 부드러운 것은 남는다는 말씀이시군요." 말을 마친 상용이 돌아누웠다. 노자의 유약겸하柔弱謙下, 즉 부드러움과 낮춤의 철학이 여기서 나왔다. 허균許筠(1569-1618)의 『한정록閑情錄』에 보인다.

명나라 때 육소형陸紹珩의 『취고당검소醉古堂劍掃』에도 비슷한 얘기가 실려 있다.

혀는 남지만 이는 없어진다.

강한 것은 끝내 부드러움을 이기지 못한다.

문짝은 썩어도 지도리는 좀먹는 법이 없다.

편벽된 고집이 어찌 원융圓融함을 당하겠는가?

舌存常見齒亡, 剛强終不勝柔弱.

戶朽未聞樞蠹, 偏執豈及乎圓融.

강한 것은 남을 부수지만 결국은 제가 먼저 깨지고 만다. 부드러움
이라야 오래 간다. 어떤 충격도 부드러움의 완충緩衝 앞에서 무력해진
다. 강한 것을 더 강한 것으로 막으려 들면 결국 둘 다 상한다. 출입을
막아서는 문짝은 비바람에 쉬 썩는다. 하지만 문짝을 여닫는 축 역할
을 하는 지도리는 오래될수록 반들반들 빛난다. 좀먹지 않는다. 어째
서 그런가? 끊임없이 움직이기 때문이다. 하나만 붙들고 고집을 부리
기보다 이것저것 다 받아들여 자기화하는 유연성이 필요하다. 『여씨
춘추呂氏春秋』에서 "흐르는 물은 썩지 않고, 문지도리는 좀먹지 않는
다. 움직이기 때문이다〔流水不腐. 戶樞不蠹, 動也〕"라고 한 것이 바로 이 뜻
이다.

고인 물은 금방 썩는다. 흘러야 썩지 않는다. 정체된 삶, 고여 있는
나날들. 어제와 오늘이 같고, 내일도 어제와 다를 바 없다. 이런 쳇바
퀴의 삶에는 발전이 없다. 이제까지 아무 문제 없었으니 앞으로도 잘
되겠지. 몸이 굳어 현 상태에 안주하려는 순간 조직은 썩기 시작한다.
흐름을 타서 결에 따라 부드럽게 흐르는 것이 중요하다. 움직이지 않
고 정체될 때 바로 문제가 생긴다. 좀먹지 않으려면 움직여라. 썩지 않

으려거든 흘러라. 툭 터진 생각, 변화를 읽어 내는 안목이 필요하다.
강한 것을 물리치는 힘은 부드럽게 낮추는 데서 나온다. 혀가 이를 이
긴다.

이명비한

귀 울음과 코 골기, 어느 것이 문제일까?

|

耳鳴鼻鼾

귀에 물이 들어간 아이에게 이명耳鳴 현상이 생겼다. 귀에서 자꾸 피리 소리가 들린다. 아이는 신기해서 제 동무 더러 귀를 맞대고 그 소리를 들어 보라고 한다. 아무 소리도 안 들린다고 하자, 아이는 남이 알아주지 않는 것을 안타까워했다. 시골 주막에는 한 방에 여럿이 함께 자는 수가 많다. 한 사람이 코를 심하게 골아 다른 사람이 잘 수가 없었다. 견디다 못해 그를 흔들어 깨웠다. 그가 벌떡 일어나더니 내가 언제 코를 골았느냐며 불끈 성을 냈다.

연암 박지원이 「공작관문고자서孔雀館文稿自序」에서 들려준 이야기다. 귀 울음〔耳鳴〕과 코 골기〔鼻鼾〕가 항상 문제다. 이명은 저는 듣고 남은 못 듣는다. 코 골기는 남은 듣지만 저는 못 듣는다. 분명히 있는데 한쪽은 모른다. 내게 있는 것을 남들이 알아주지 않거나, 남들은 다 아는데 저만 몰라 문제다.

연암은 한 걸음 더 나아가 이렇게 말한다. 이명은 병인데도 남이 안 알아준다고 난리고, 코 골기는 병이 아닌데도 남이 먼저 안 것에 화를 낸다. 그러니 정말 좋은 것을 지녔는데 남이 안 알아주면 그 성냄이 어떠할까? 진짜 치명적 약점을 남이 지적하면 그 분노를 어찌 감당할까? 문제는 코와 귀에만 이런 병통이 있는 것이 아니다. 공부도 마찬가지다. 별 것 아닌 제 것만 대단한 줄 안다. 이명증에 걸린 꼬마다. 남 잘한 것은 못 보고 제 잘못은 질끈 눈감는다. 언제 코를 골았느냐고 성내는 시골 사람이다.

연암은 이렇게 결론을 맺는다.

얻고 잃음은 내게 달려 있고
기리고 헐뜯음은 남에게 달려 있다.
得失在我. 毁譽在人.

내가 성취가 있는데 남이 칭찬해 주면 더할 나위 없지만, 사람들은 칭찬에 인색해서, 헐뜯고 비방하기 일쑤다. 내가 아무 잘한 것이 없는데 뜬금없이 붕 띄워 대단하다고 하면 그 자리가 참 불편하다. 그러니 변덕 심한 세상 사람들의 기리고 헐뜯음에는 일희일비—喜—悲할 것이 못된다. 내 자신에게 떳떳한지 돌아보는 일이 먼저다.

좋은 글을 쓰고, 본이 되는 삶을 살려면 어찌 해야 하나? 제 이명에 현혹되지 않고, 내 코 고는 습관을 인정하면 된다. 남을 헐고 비방하는 것은 일종의 못된 버릇이다. 비판과 비난을 구분 못하는 것은 딱한 습성이다. 내 득실이 있을 뿐, 남의 훼예毀譽에 휘둘리면 못쓴다.

어묵찬금

말해야 할 때와 침묵해야 할 때

語嘿讚嗻

세상사 복잡하다 보니 말과 침묵 사이가 궁금하다. 침묵하자니 속에서 열불이 나고, 말해 봤자 소용이 없다. 신흠申欽이 말한다.

　마땅히 말해야 할 때 침묵하는 것은 잘못이다. 의당 침묵해야 할 자리에서 말하는 것도 잘못이다. 반드시 말해야 할 때 말하고, 침묵해야 할 때 침묵해야만 군자일 것이다.
　當語而嘿者非也, 當嘿而語者非也. 必也當語而語, 當嘿而嘿, 其惟君子乎.

군자란 말할 때와 침묵할 때를 잘 분간할 줄 아는 사람이다. 말해야 할 자리에서는 꿀 먹은 벙어리로 있다가, 나와서 이러쿵저러쿵 말이 많으면 소인이다.

이항로李恒老(1792-1868)가 말했다.

　말해야 할 때 말하는 것은 진실로 굳센 자만이 능히 한다.
　침묵해야 할 때 침묵하는 것은 대단히 굳센 자가 아니면 능히 하지 못한다.
　當言而言, 固强者能之. 當默而默, 非至强不能也.

굳이 말한다면 침묵 쪽이 더 어렵다는 얘기다. 조현기趙顯期(1634-1685)가 말한다.

　말해야 할 때 말하면 그 말이 옥으로 만든 홀笏과 같고,
　침묵해야 할 때 침묵하면 그 침묵이 아득한 하늘과 같다.
　當語而語, 其語如圭璋. 當嘿而嘿, 其嘿如玄天.

공자가 말했다.

　함께 말할 만한데 말하지 않으면 사람을 잃고,
　더불어 말할 만하지 않은데 말하면 말을 잃는다.
　可與言而不與之言, 失人. 不可與言而與之言, 失言.

할 말만 하고, 공연한 말은 말라는 뜻이다. 『맹자』「진심盡心」하에는
이렇게 적었다.

　선비가 말해서는 안 될 때 말하는 것은 말로 무언가를 취하려는
것이다. 말해야 할 때 말하지 않는 것은 말하지 않음으로써 낚으려
는 것이다.
　未可以言而言, 是以言餂之也. 可以言而不言, 是以不言餂之也.

꿍꿍이속이 있을 때 사람들은 말과 침묵을 반대로 한다.
김매순金邁淳(1776-1840)의 말이다.

　물었는데 대답을 다하지 않는 것을 함구〔嗼〕라 하고, 묻지 않았는
데도 내 말을 다해 주는 것은 수다〔嘖〕라 한다. 함구하면 세상과 끊
어지고, 말이 많으면 자신을 잃고 만다.
　問而不盡吾辭, 其名曰嗼, 不問而惟吾辭之盡, 其名曰嘖. 嗼則絶物, 嘖
則失己.

정경세鄭經世(1563-1633)는 호를 일묵一默으로 썼다. 쓸데없는 말 만
마디를 하느니 차라리 내처 침묵하겠다는 뜻에서였다. 하지만 침묵만
능사는 아니다. 바른 처신이 어렵다. 말과 침묵, 둘 사이의 엇갈림이
참 미묘하다.

안으로 머금어 가만히 쌓아 두라

含章蓄言

다산이 초의 스님에게 준 친필 증언첩贈言帖에 이런 내용이 있다.

　『주역』에서는 '아름다움을 간직해야 곧을 수가 있으니 때가 되어 이를 편다〔含章可貞, 以時發也〕'고 했다. 내가 꽃을 기르는데, 매번 꽃봉오리가 처음 맺힌 것을 보면 머금고 온축하여 몹시 비밀스럽게 단단히 봉하고 있었다. 이를 일러 함장含章이라고 한다. 식견이 얕고 공부가 부족한 사람이 겨우 몇 구절의 새로운 뜻을 알고 나면 문득 말로 펼치려 드니, 어찌된 것인가?

　易曰: "含章可貞, 以時發也." 山人業種花, 每見菩蕾始結, 含之蓄之,封緘至密. 此之謂含章也. 淺識末學, 纔通數句新義, 便思吐發, 何哉.

꽃봉오리가 처음 맺혀서 활짝 벙그러질 때까지는 온축의 시간이 필요하다. 야물게 봉해진 꽃봉오리를 한 겹 한 겹 벗겨 보면 그 안에 활짝 핀 꽃잎의 모양이 온전히 깃들어 있다. 차근차근 힘을 모아 내면의 충실을 온전히 한 뒤에야 꽃은 비로소 제 몸을 연다. 꽃이 귀하고 아름다운 까닭이다.

주인은 씨앗을 뿌리거나 묘목을 심어 물을 주고 거름으로 북돋운다. 풀나무는 비바람을 견뎌 내고, 뿌리와 줄기의 힘을 길러, 마침내 꽃 피워 열매 맺는다. 사람도 부모와 스승의 교육을 받고, 배운 것을 행동으로 옮기며, 역경과 시련을 통해 함양을 더하고, 마침내 내면이 가득 차서 말로 편다. 이런 말은 아름답고 향기롭다. 온축의 시간 없이 알지도 못하면서 떠들기만 하면 그 말이 시끄럽고 입에서 구린내가 난다.

다산은 강진 유배 18년간 문 닫고 학문에만 몰두했다. 자연 속에서 책을 읽고 사색을 거듭하는 동안 고요히 내면에 쌓이는 깨달음이 있었다. 그는 벗에게 보낸 편지에서 함장축언含章蓄言, 즉 아름다움을 안으로 머금고, 말을 뱉지 않고 쌓아 두어 괄낭括囊, 곧 주머니의 주둥이를 묶듯이 온축하는 것이 마땅하겠으나, 그간의 공부에서 얻은 깨달음을 글로 남기지 않는다면 성인聖人의 뜻을 저버리는 것으로 여겨져 마침내 책을 저술했다고 술회했다.

옛 사람의 말은 하고 싶어서가 아니라 하지 않을 수 없어서 한 부득이不得已의 결과였다. 지금 사람의 말은 뜻도 모른 채 행여 남에게 질세라 떠드는 소음의 언어다. 난무하는 정치가들의 빈 말, 헛말을 앞으로 얼마나 더 들어야 할지를 생각하면 가슴이 답답하다. 야무지게 오무린 꽃봉오리의 함축을 기대할 수야 없겠지만, 입만 열면 국민을 위한다는 그들의 말에서는 도대체 진심을 느낄 수가 없다.

옥촉서풍

아만을 버리고 참나를 돌아보다

|

玉蜀西風

추사는 좀체 남을 인정하는 법이 없었다. 남이 한 것은 헐고, 제 것만 최고로 쳤다. 아집과 독선에 찬 언행으로 남에게 많은 상처를 입혔다. 그가 단골로 꺼내든 카드는 "내가 중국에 갔을 때 실물을 봤는데"였다. 보지 못한 사람들은 그 한마디에 그만 꼬리를 내렸다. 조선에서는 그의 경지를 넘볼 사람이 없었다. 중국 학자들도 그를 호들갑스레 높였다. 재료도 중국제의 최고급만 골라 썼다.

그런 그가 만년에 제주와 북청 유배를 거듭 다녀온 뒤 결이 조금 뉘어졌다. 북청 유배에서 풀려 돌아오다 강원도 지역을 지날 때였다. 길을 가는데 옥수수 밭에 둘린 초가집이 한 채 있었다. 흘깃 보니 늙은 내외가 마루에 나와 앉아 웃으며 이야기꽃이 한창이었다.

내외는 길 가던 손이 불쑥 마당으로 들어서는 모습을 보았다. 손은 물 한 잔을 달래 마시더니 잠시 쉬어 가겠다는 듯 마루에 슬쩍 엉덩이를 걸친다. "여보 노인! 올해 나이가 몇이우?" "일흔입지요." "서울은 가 보았소?" "웬걸인겝쇼. 관청에도 못 들어가 보았습니다." "그래 이 산골에서 무얼 자시고 사우?" "옥수수를 먹고 삽니다."

추사는 순간 마음이 아스라해졌다. 삶의 천진한 기쁨은 어디서 오는가? 한 세상을 발아래 둔 득의의 나날도 있었다. 세상이 알아주는 한다 하는 이가 반눈에도 차지 않았다. 하지만 갖은 신산辛酸을 다 겪고, 제주 유배지에서 아내마저 떠나보낸 뒤, 다시 북청까지 쫓겨 갔다. 이제 늙고 병들어 가을바람에 지친 발걸음을 재촉한다. 타관의 꿈자리는 늘 뒤숭숭하다. 흰 머리의 내외가 볕바라기로 앉은 툇마루의 대화, 서울 구경 한 번 못하고 관청 문 앞에도 못 가 봤지만, 옥수수 세 끼니로도 그들의 얼굴엔 시름의 그늘이 없었다. 아주 행복해 보였다.

그가 쓴 시는 이렇다.

두어 칸 초가집에 대머리 버들 한 그루
노부부의 흰 머리털 둘 다 쓸쓸하구나.
석 자도 되지 않는 시냇가 길가에서
옥수수로 갈바람에 칠십 년을 보냈네.
禿柳一株屋數椽　翁婆白髮兩蕭然
不過三尺溪邊路　玉蜀西風七十年

시를 지은 뒤 앞서의 문답을 적고, 그는 이렇게 썼다. "나는 남북을 부평처럼 떠돌고, 비바람에 휘날렸다. 노인을 보고 노인의 말을 듣고 나니, 나도 몰래 망연자실해졌다." 이 말에 놀라 문득 나를 돌아본다.

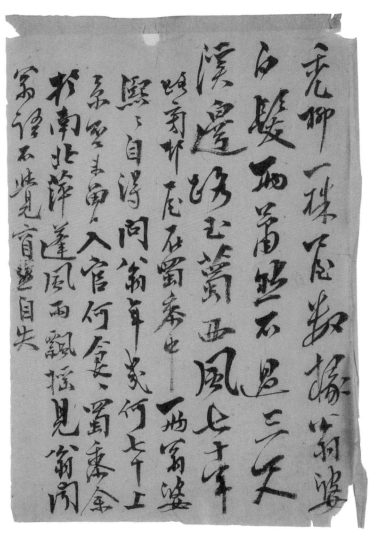

앞서의 내용을 적은 추사의 친필. 제주특별자치도 소장

고요함을 익히고 한가로움을 훔쳐라

習靜偸閑

하는 일 없이 마음만 부산하다. 정신없이 바쁜데 한 일은 없다. 울리지도 않은 휴대폰의 벨소리가 귀에 자꾸 들린다. 갑자기 일이 생기면 그제서야 정신이 돌아온다. 혼자 있는 시간은 왠지 불안하다. 너나 할 것 없이 정신 사납다. 고요히 자신과 맞대면하는 시간을 가져 본 것이 언제인가?

세상맛에 푹 빠지면 바쁨을 구하지 않아도 바쁨이 절로 이르고,
세상맛에 덤덤하면 한가로움에 힘쓰지 않아도 한가로움이 절로
온다.

世味濃, 不求忙而忙自至; 世味淡, 不儌閑而閑自來.

　　명나라 육소형陸紹珩이 『취고당검소醉古堂劍掃』에서 한 말이다. 관심이 밖으로 향해 있으면 바쁘단 말을 입에 달고 산다. 마음이 안쪽으로 향해야 비로소 한가로울 수 있다. 바쁘기를 구하는 것〔求忙〕과 한가로움에 힘쓰는 일〔儌閑〕의 선택은 세상일에 대한 관심 정도에 달린 것이지, 내가 도시와 시골 중 어디에 있느냐는 그다지 중요하지 않다.

　　이덕무李德懋(1741-1793)는 「원한原閑」, 즉 한가로움의 의미를 풀이한 글에서 이렇게 썼다.

　　저 작은 마음이 소란스럽지 않은 자가 드물다. 그 마음에 저마다 영위하는 바가 있기 때문이다. 장사꾼은 이문을 따지고, 벼슬아치는 영욕을 다툰다. 농부는 밭 갈고 김매느라 여념이 없다. 부지런히 애쓰면서 날마다 궁리하는 것이 있다. 이런 사람은 비록 풍광 좋은 영릉零陵의 남쪽이나 소상강瀟湘江 사이에 두더라도 반드시 팔짱을 끼고 앉아 졸면서 제가 바라는 것을 꿈꿀 테니, 대체 어느 겨를에 한가하겠는가? 그래서 나는 말한다. "마음이 한가로우면 몸이 절로 한가롭다고."

　　彼方寸不擾擾者鮮矣. 其心各有營爲. 商賈者缺錙銖, 仕宦者爭榮辱, 田農者缺耕鋤, 營營焉, 日有所思, 如此之人, 雖寘諸零陵之南, 瀟湘之間, 必叉手坐睡而夢其所思, 奚閑爲? 余故曰: "心閑身自閑."

청나라 사람 주석수朱錫綬가 말했다.

고요에 익숙해지면 하루가 길게 느껴진다.
바쁨만 쫓다 보니 하루가 너무 짧다.
책을 읽으면 하루가 아깝게 여겨진다.
習靜覺日長, 逐忙覺日短, 讀書覺日可惜.

『유몽속영幽夢續影』에 나온다. 거품처럼 허망한 바쁨을 쫓지 말고, 내면에 평온한 고요를 깃들이라는 말씀이다. 그 여백의 시간 위에 독서로 충실을 더하면, 자칫 심심해지기 쉬운 한가로움의 시간들이 더없이 소중하고 아깝기만 하다. 노산 이은상 선생의 시조 한 수.

백년도 잠깐이요 천년이라도 꿈이라건만
여름날 하루해가 그리도 길더구나.
인생은 유유히 살자 바쁠 것이 없나니.

요컨대 마음이 문제란 말씀!

눈 진흙 위에 난 기러기의 발자국

|

雪泥鴻爪

송나라 때 소식蘇軾이 지은 「아우 소철蘇轍이 민지澠池에서의 옛일을
회상하며 쓴 시에 화답하여〔和子由澠池懷舊〕」란 시다.

인생길 이르는 곳 무엇과 비슷한가
기러기가 눈 진흙을 밟는 것과 흡사하네.
진흙 위에 우연히 발자국 남았어도
날아가면 어이 다시 동서를 헤아리랴.
노승은 이미 죽어 새 탑이 되어 섰고
벽 무너져 전에 쓴 시 찾아 볼 길이 없네.

지난날 험하던 길 여태 기억나는가?
길은 멀고 사람 지쳐 노새마저 울어 댔지.
人生到處知何似　應似飛鴻踏雪泥
泥上偶然留指爪　鴻飛那復計東西
老僧已死成新塔　壞壁無由見舊題
往日崎嶇君記否　路長人困蹇驢嘶

시의 뜻은 이렇다. 사람의 한생은 기러기가 눈 쌓인 진흙밭에 잠깐
내려 앉아 발자국을 남기는 것과 같다. 기러기는 다시금 후루룩 날아
갔다. 어디로 갔는가? 알 수가 없다. 예전 우리 형제가 이곳을 지나다
가 함께 묵은 일이 있었다. 그때 우리를 맞아 주던 노승은 그 사이에
세상을 떠나 새 탑에 그의 이름이 새겨져 있다. 예전 절집 벽에 적어
둔 시는 벽이 다 무너져 이제 와 찾을 길이 없다. 분명히 내 손으로 적
었건만 무너진 벽과 함께 흙으로 돌아갔다. 노승은 육신을 허물고 탑
속으로 들어갔다. 틀림없이 있었지만 어디에도 없다. 여보게 아우님!
그 가파르던 산길을 기억하는가? 길은 끝없이 길고, 사람은 지쳤는데,
절룩거리는 노새마저 배가 고프다며 울어 대던 그 길 말일세. 이제 그
기억만 남았네. 그 안타깝던 마음만 이렇게 남았네.
　설니홍조雪泥鴻爪란 말이 이 시에서 나왔다. 눈 진흙 위의 기러기 발
자국이란 말이다. 분명히 있지만 어디에도 없다. 자취만 남고 실체는
없다. 한 해를 바쁘게 달려왔다. 일생을 숨 가쁘게 살아왔다. 여기저기
어지러이 뒤섞인 발자국 속에는 내 것도 있겠지. 아웅다웅 옥신각신
다투며 살았다. 한번 밀리면 큰일 나는 줄 알았다. 사생결단 수단 방법

마음의 표정
87

을 가리지 않았다. 하지만 돌아보니 덧없다. 발자국만 남기고 기러기는 어디 갔나? 한치 앞을 내다보지 못하는 인간들이 오늘도 '사는 해 백년을 못 채우면서, 언제나 천년 근심 지닌 채 산다〔生年不滿百, 常懷千歲憂〕.'

90대 노부부는 세밑의 구세군 남비에 2억 원을 넣고 자취를 감췄다. 천년만년 절대 권력을 누릴 것 같던 북한의 독재자는 심근경색으로 돌연히 세상을 떴다. 누구나 죽는데 그것을 모른다. 자취가 남은들 어디서 찾는가? 눈이 녹으면 그 자취마저 찾을 길이 없으리.

공부의 칼 끝

2
——
一針

자지자기

제풀에 멈추면 성취가 없다

自止自棄

노수신盧守愼(1515-1590)이 임금에게 뜻을 먼저 세울 것을 청한 「청선입지소請先立志疏」의 한 대목.

대저 뜻이란 기운을 통솔하는 장수입니다. 뜻이 있는 곳이면 기운이 반드시 함께 옵니다. 발분하여 용맹을 다하고, 신속하게 떨쳐 일어나는 것은 힘을 쏟아야 할 곳이 있습니다. 산에 오르면서 꼭대기에 뜻을 두지 않는다면, 이것은 스스로 그치는 것(自止)이 됩니다. 우물을 파면서 샘물이 솟는 것에 뜻을 두지 않는다면 이것은 스스로 포기하는 것(自棄)이 됩니다. 하물며 성현과 대덕大德이 되려면서 뜻을 세우지 않고 무엇으로 하겠습니까?

夫志, 氣之帥也. 志之所在, 氣必至焉. 發憤勇猛, 奮迅興起, 乃有用
力處. 登山而不志於絶頂, 是爲自止. 掘井而不志於極泉, 是爲自棄. 況
爲聖賢大德, 而志不立, 何以哉.

등산은 정상에 오를 목표를 세우고 차근차근 밟아 올라간다. 우물은
차고 단 물을 얻을 때까지 파고 또 판다. 파다 만 우물은 쓸 데가 없
고, 오르다 만 산은 가지 않은 것과 같다. 목표를 정해 큰 일을 도모할
때는 심지를 깊게 하고 뜻을 높이 세워야 한다. 뜻이 굳지 않으면 제풀
에 그만두고 제 스스로 포기하고 만다[自止自棄]. 목표를 향해 밀어붙이
는 힘은 굳센 뜻에서 나온다. 굳센 뜻이 없이는 추진하는 에너지가 생
겨날 데가 없다.

하수일河受一(1553-1612)은 젊은 시절 두 동생과 함께 청암사靑巖寺에
서 글을 읽다가 절 뒷산에 올랐다. 정상에서 내려오면서 그 느낌을 이
렇게 적었다.

사군자는 몸 둘 곳을 마땅히 가려야 한다. 낮은 곳에 처하면 식
견이 낮아지고, 높은 곳에 처하면 식견이 높아진다. 높지 않은 곳
을 택한데서야 어찌 지혜를 얻으리.

士君子處身宜擇, 處下而見下, 處高而見高, 擇不處高, 焉得智.

꼭대기에서는 시야가 툭 터져서 안 보이는 것이 없었는데, 내려올수
록 시야가 좁아져서 답답해졌기에 한 말이다.

조광조趙光祖(1482-1519)가 말했다.

등산을 하면서 산꼭대기까지 가려고 마음먹은 사람은 비록 꼭대기까지 못가더라도 산허리까지는 갈 수가 있다. 만약 산허리까지만 가려고 작정한다면 산 밑바닥을 채 벗어나지도 않은 채로 반드시 그치고 말 것이다.

登山期至山頂者, 雖不至頂, 可至山腰矣. 若期至山腰, 則不離山底而必止矣.

이정귀李廷龜(1564-1635)도 비슷한 말을 남겼다.

등산할 때는 정상까지 이르러야 한다. 한 발짝이라도 끝까지 가지 못하면 오히려 제2층으로 떨어지고 만다.

登山須到頂上方好. 未盡一步, 猶落第二層也.

정상에 서지 않고는 내려올 생각을 말라는 뜻이다. 차이는 한 발짝일 뿐이지만, 그 차이는 엄청나다.

품은 뜻이 그 사람의 그릇을 가른다. 바라보는 높이에 따라 뿜어져 나오는 에너지의 양도 차이 난다. 제 깜냥도 모르고 날뛰는 것은 문제지만, 해 보지도 않고 자포자기하는 것은 더 큰 문제다.

십 년은 몰두해야 성취를 이룰 수 있다

十年有成

　남계우南啓宇(1811-1890)는 나비 그림을 잘 그려 남나비라는 별명으로
더 알려졌다. 그의 집은 도성 안 당가지골(현 한국은행 뒤편)에 있었다.
집에 날아든 나비를 평상복 차림으로 동대문 밖까지 쫓아가 기어이 잡
아서 돌아왔다는 일화도 있다.

　그는 수백 수천 마리의 나비를 잡아 책갈피에 끼워 놓고 그림을 그
렸다. 실물을 유리에 대고, 그 위에 종이를 얹어 유지탄柳枝炭으로 윤
곽을 그린 후, 채색을 더했다. 노란색은 금가루로 쓰고, 흰색은 진주가
루를 사용했다. 그의 그림은 워낙 정확해서 나비학자 석주명은 무려
37종의 나비를 암수까지 구분해 낼 수 있었다.

그의 그림 속에는 당시 조선에 없는 줄 알았던 남방공작나비란 열대 종까지 있었다. 석주명은 나중에 남쪽 지방에서 이 나비를 잡아, 남나 비의 그림이 실물을 보고 그린 것이었음을 훌륭히 입증했다. 석주명은 남계우의 나비 그림이야말로 일본의 국보로 지정된 마루야마圓山應擧 (1733-1795)의 『곤충도보昆蟲圖譜』보다 훨씬 훌륭하다고 극찬했다.

위당 정인보 선생이 석주명이 소장하고 있던 남계우의 나비 그림 10 폭 병풍을 감상한 후, 역시 10폭 병풍에 시로 써 준 「일호화접도행一濠 花蝶圖行」이란 작품을 보았다. 일호一濠는 남계우의 호다. 석주명 선생 의 따님이신 석윤희 교수가 보관해 왔던 귀한 작품이다. 위당은 자신 보다 열다섯 살이나 아래인 석주명의 나비 연구에 깊이 감동하여 진작 에 그를 위해 장편 한시를 써 준 것이 『담원문록』에 전한다. 이 장시는 문집에도 빠진 것이어서 더욱 귀하다.

위당은 이 작품에서 남계우의 10폭 그림을 한 폭 한 폭 꼼꼼히 묘사 한 뒤에, 그의 그림이 혜환惠寰 이용휴李用休와 임연臨淵 이양연李亮淵의 시문과 다산 정약용의 총서로 이어진 남인과 소론의 박학樸學, 즉 실학 을 잇는 가치 있는 작품임을 밝혔다. 석주명에게 써 준 다른 시에서는 남들이 거들떠도 보지 않는 나비 연구에 한눈팔지 않고 몰두하여 세계 적인 학자가 된 석주명의 노력에 깊은 경의를 표했다. 석주명은 제자 들에게 늘 남들이 관심 없는 분야에 10년 이상 꾸준히 몰입하면 세계 제일이 될 수 있다는 말을 들려주곤 했다. 그의 『조선산접류분포도』는 1940년에 영국왕립학회의 의뢰를 받아 뉴욕에서 인쇄되었고, 지금까 지 생물지리학의 최고 걸작 중 하나로 꼽힌다. 십년유성十年有成! 10년 은 한 우물을 파야 뭐든 이룰 수가 있다.

남계우, 「호접도胡蝶圖」, 개인 소장

피지상심

곁가지를 쳐 내면 속줄기가 상한다

披枝傷心

　　어떤 사람이 과일 나무를 너무 촘촘하게 심었다. 곁에서 말했다. "그렇게 빼곡하게 심으면 열매를 맺을 수 없소." 그가 대답했다. "처음에 빼곡하게 심어야 가지가 많지 않습니다. 가지가 적어야 나무가 잘 크지요. 점점 자라기를 기다려 발육이 나쁜 것을 솎아 내서 간격을 만들어 줍니다. 이렇게 하면 나무도 오래 살고 열매가 많습니다. 게다가 목재로 쓰는 이로움도 있지요. 어려서 가지가 많은 나무는 자라 봤자 높게 크지 못합니다. 그제서 곁가지를 잘라내면 병충해가 생겨 나무가 말라 죽고 맙니다."

　　성호星湖 이익李瀷(1681-1763)의 『성호사설』에 나오는 얘기다. 피지상

심피지상心披枝傷心은 가지를 꺾으면 나무의 속이 상한다는 뜻이다. 처음부터 간격을 두어 널널하게 심으면 곁가지만 많아진다. 안 되겠다 싶어 곁가지를 쳐 내니 그 상처를 통해 병충해가 파고들어 결국 나무의 중심 줄기마저 손상된다. 그래서 그는 처음에 답답하리만치 빼곡하게 심어 운신의 폭을 제한했다. 그러자 어린 묘목은 딴짓을 못하고 위로만 곧게 자랐다. 제법 자라 수형樹形이 잡힌 뒤에 경쟁에서 뒤처진 묘목을 솎아 내 간격을 벌려 준다. 이미 중심이 굳건하게 섰고, 이제 팔다리를 마음껏 뻗을 수 있게 되자 아주 건강한 과수로 자라고, 곧은 중심 줄기는 옹이도 없어 튼실한 목재로 쓸 수 있게 된다는 것이다. 성호 자신이 직접 실험해 보니 그의 말이 옳았다. 가지를 자른 곳에 물이 닿으면 썩고, 썩은 곳에 벌레가 생겨 끝내는 나무속까지 썩고 말았다.

곁가지가 많으면 큰 나무가 못 된다. 열매도 적다. 중심이 곧추서야 나무가 잘 크고 열매가 많다. 곁가지를 잘라내면 속이 썩는다. 사람도 마찬가지다. 제 중심을 세우기 전에 오지랖만 넓히면 이룬 것 없이 까불다가 제풀에 꺾인다. 작은 성취에 기고만장해서 안하무인이 된다. 자리를 못 가리고 말을 함부로 하다가 결실을 맺기 전에 뽑혀져 버려진다. 곁눈질 않고 중심의 힘을 키워야 큰 시련에 흔들림 없는 거목이 된다. 이리저리 두리번대기보다 뚜벅뚜벅 목표를 향해 한 발 한 발 내딛어, 많은 열매를 맺고 동량재棟樑材가 될 노거수老巨樹로 발전한다. 잘생긴 나무는 중심이 제대로 선 나무다. 정신 사납게 이리저리 잔가지를 뻗치면 중심의 힘이 약해져, 농부의 손에 뽑혀 땔감이 되고 만다.

소년등과

젊은 날의 출세는 큰 불행의 시작

|

少年登科

옛 사람은 사람의 세 가지 불행을 이렇게 꼽았다. 첫째가 소년등과少年登科다. 너무 일찍 최고의 자리에 오르는 것이다. 이제 내려올 일만 남았는데 남은 날이 너무 길다. 소년등과가 나쁘다기보다, 너무 이른 성취로 학업을 폐하여 더 이상의 진취가 없게 됨을 경계한 말이다. 둘째는 부형父兄의 형세에 기대 좋은 벼슬에 오름이다. 애쓰지 않고 남이 못 가진 것을 누리다 보니, 그 위치가 얼마나 귀하고 어려운 자리인지 몰라 함부로 굴다가 제풀에 무너진다. 셋째는 재주가 높고 문장마저 능한 것이다. 거칠 것이 없고 꿀릴 데가 없다. 실패를 모르고 득의양양하다가 한순간에 나락에 굴러 떨어진다. 어찌 살피고 삼가지 않겠는가?

이 세 가지는 누구나 선망하는 것인데 선인들은 오히려 이를 경계했다. 차도 넘치지 않고, 높아도 위태롭지 않으려면 자신을 낮추고 숙이는 겸손이 필요하다.

김일손金馹孫(1464-1498)은 잘 나가던 이조좌랑을 사직하고 사가독서賜暇讀書를 청하는 상소문을 올렸다. 그는 옛 사람이 경계한 '소년등과 일불행少年登科一不幸'이 바로 자신을 두고 한 말이라며, 너무 젊은 나이에 요직을 두루 거쳐 큰 은총을 입었으니, 이쯤에서 그치고 독서로 자신을 충전하겠다고 사직을 간청했다.

화복은 문이 따로 없고 다만 그 사람이 불러들이는 것입니다. 사람의 재앙이 없다 해도 반드시 하늘의 형벌이 있을 것이니, 매양 이 생각만 하면 오싹하여 떨릴 뿐입니다. 다만 성상께서 보전해 주소서.

1878년 민영환閔泳煥(1861-1905)이 규장각 대교에 임명되자 역량이 안되니 취소해 달라는 상소를 올렸다.

직임이 화려할수록 졸렬함이 더 드러나고, 돌아보심이 두터울수록 송구함만 늘어갑니다. 주제넘게 차지하고서도 당연히 온 것으로 여기고, 잠시 받든 것을 본래 있던 것처럼 할 수는 없어 진심으로 우러러 성상께 아룁니다. 바라옵건대 굽어 살펴 속히 신에게 제수하신 직책을 거두어 주소서.

가득 참을 경계하는 선인들의 마음이 이러했다. 젊은 날의 빠른 성취는 부러워할 일이 못 된다. 살얼음을 밟듯 전전긍긍해야 할 일이다. 한때의 환호가 차디찬 조소로 돌아오는 시간은 뜻밖에 짧다. 돌아보고 낮추고 숙여서 내실을 기르는 것이 옳다. 입은 하나고 귀가 둘인 까닭은 듣기를 말하기보다 두 배로 하라는 뜻이다.

같음을 숭상하되 다름을 추구한다

尚同求異

한신韓信의 배수진背水陣은 말도 안 되는 병법이었다. 그런데 이겼다. 심지어 부하 장수들은 이기고도 어째서 이겼는지 몰라 얼떨떨했다. 임진왜란 때 신립申砬이 그대로 따라 했다. 그런데 졌다. 왜 그랬을까? 같되 달라야 한다는 상동구이尚同求異의 정신을 몰랐기 때문이다. 같음을 숭상하되 다름을 추구한다. 결과가 같아도 과정마저 같을 수는 없다. 남이 돈 번 주식은 내가 사는 순간 빠지기 시작한다. 같아지려면 다르게 해라. 달라야 같다.

손빈孫臏이 방연龐涓의 계략에 말려 발뒤꿈치를 베었다. 병신이 된 그는 제나라로 달아났다. 방연의 위나라가 한韓나라를 공격했다. 한나라는 합종의 약속에 따라 제나라에게 구원을 청했다. 손빈은 제나라 군사를 이끌고 곧장 위나라로 쳐들어갔다. 방연은 황급히 군대를 돌려 자기 땅으로 들어간 제나라 군사를 뒤쫓았다.

손빈은 첫날 밥 짓는 부뚜막 숫자를 10만 개로 했다. 이튿날은 5만 개, 다음 날은 2만 개로 줄였다. 추격하던 방연이 웃었다. "겁쟁이 녀석들! 사흘 만에 5분의 4가 달아났구나. 기병만으로 쫓아가 쓸어버리겠다." 방심하고 달려든 방연은 손빈의 매복에 걸려, 2만 대의 화살에 고슴도치가 되어 죽었다. 이것이 유명한 손빈의 부뚜막 줄이기 작전이다. 위나라는 평소 제나라 알기를 우습게 알았다. 손빈은 위나라 군사의 이런 생각을 역이용했다.

후한 때 우후虞詡가 많지 않은 군사로 강족羌族의 반란을 진압하러 갔다. 적군의 수가 엄청나 후퇴하자 추격이 거셌다. 상황이 위험했다. 후퇴하면서 그는 손빈의 작전을 썼다. "우리도 부뚜막 작전으로 간다. 대신 숫자를 늘려라." 매일 후퇴하면서 부뚜막의 숫자를 배로 늘렸다. 뒤쫓아 오던 강족이 고개를 갸우뚱했다. "후방에서 지원군이 오고 있다. 함정이다." 겁을 먹고 위축된 그들을 우후는 적은 군대로 허를 찔러 무찔렀다.

한 사람은 부뚜막 숫자를 줄였다. 한 사람은 반대로 늘였다. 왜 그랬을까? 상황이 달랐다. 하나는 추격을 받으며 적진을 향해 들어가는 길이었고, 하나는 쫓기면서 후방을 향해 나오는 길이었다. 반대로 했지만 결과는 같았다. 부뚜막 숫자를 조작해서 적의 방심과 의심을 샀다. 부뚜막 숫자를 줄이고 늘이고가 중요치 않다. 상황을 장악하는 힘이 중요하다. 배수진은 잘못 치면 더 빨리 망한다. 상동구이!

균형 잡힌 안목으로 핵심 역량을 길러라

|

鼫鼠五能

여러 가지를 조금씩 잘하는 것은 한 가지에 집중하느니만 못하다. 날다람쥐는 다섯 가지 재주가 있어도 기술을 이루지는 못한다.

『안씨가훈顏氏家訓』에 인용된 말이다. 공영달孔穎達은 이렇게 풀이한다.

날 줄 알지만 지붕은 못 넘고, 나무를 올라도 타넘지는 못한다. 수영은 해도 골짜기는 못 건너고, 굴을 파지만 제 몸은 못 감춘다. 달릴 줄 알아도 사람을 앞지를 수는 없다.

오서오능䶅鼠伍能! 즉 날다람쥐의 다섯 가지 재주는 이것저것 하기는 해도 뭐 하나 제대로 하는 것이 없다는 뜻으로 쓰는 말이다. 팔방미인八方美人과 비슷하다. 누고재螻蛄才란 말도 쓴다. 누고螻蛄는 땅강아지다. 땅강아지도 날다람쥐의 다섯 가지 재주를 갖추었다. 제법 날 줄도 알고 타오르기도 하며 건너가고 땅을 파고 달려가는 재주가 있다. 그런데 요놈도 다 시원찮다. 재주를 갖추었으나 미숙한 상태를 가리킬 때 쓴다.

> 말을 많이 하지 말라. 말이 많으면 낭패가 많다.
> 일을 많이 벌이지 말라. 일이 많으면 근심이 많다.
>
> 無多言, 多言多敗. 無多事, 多事多患.

『공자가어孔子家語』에 나온다. 이런 말도 했다. "잘 달리는 놈은 날개를 뺏고, 잘 나는 것은 발가락을 줄이며, 뿔이 있는 녀석은 윗니가 없고, 뒷다리가 강한 것은 앞발이 없다. 하늘의 도리는 사물로 하여금 겸하게 하는 법이 없다." 발이 네 개인 짐승에게는 날개가 없다. 새는 날개가 달린 대신 발이 두 개요, 발가락이 세 개다. 소는 윗니가 없다. 토끼는 앞발이 시원찮다. 발 네 개에 날개까지 달리고, 뿔에다 윗니까지 갖춘 동물은 세상에 없다.

공부면 공부, 운동이면 운동 못 하는 게 없다. 모두들 선망하는 부러움의 대상이다. 하지만 다재다능도 전공이 있어야 공연히 이것저것 집적대면 마침내 큰 일은 이룰 수가 없다. 두루춘풍으로 "못 하는 게 없어" 하는 소리를 듣는 것은 무능하다는 말과 같다. 이것저것 잘하는 팔방미인보다 한 분야를 제대로 하는 역량이 더 나은 대접을 받는 시대다. 대도무문大道無門이라 했다. 한 문으로 들어가 깊이 파면 모든 문이 다 열린다. 공연히 여기저기 이 대문 저 대문 앞을 기웃대기만해서는 끝내 아무것도 이룰 수가 없다. 균형 잡힌 안목으로 핵심 역량을 길러야 한다. 깊게 파야 가뭄에도 마르지 않는 우물을 얻는다. 지금은 바야흐로 전문가 시대다.

찬승달초

칭찬이 매질보다 훨씬 더 낫다

———

讚勝撻楚

백광훈白光勳(1537-1582)은 아내와 자식들을 고향에 두고 서울에서 혼자 자취 생활을 했다. 그가 자식에게 보낸 편지 24통이 문집에 실려 있다. 편지 중에 특별히 내 눈길을 끈 것은 형남亨南과 진남振南 두 아들에게 막내 흥남興南이의 교육을 당부한 대목이다.

45세 때인 1581년에 쓴 편지에서는 "흥남이도 공부를 권유하되 마구 힐책하지는 마라. 향학의 마음이 절로 일어나도록 해야 한다"고 했고, 다른 편지에서도 "흥남이는 늘 잘 보살피고 북돋워 일깨워서 저절로 배움을 좋아하는 마음이 일어나도록 해야 한다. 절대로 나무라거나 책망해서 분발함이 없게 해서는 안 된다"고 적었다. 또 "흥남이의 글

중에 간간이 기특한 말이 있더구나. 이 아이가 능히 배운다면 내가 다시 무엇을 근심하겠느냐. 기뻐 뛰며 좋아할게다. 너희는 곁을 떠나지 말고 권면하고 가르쳐서 독서의 즐거움을 알게 하도록 하여 마침내 성취가 있게 한다면 다행이겠다"고 적었다.

　서울에서 머무느라 어린 막내에게 사랑과 훈도를 베풀 수 없었던 아버지는 이처럼 형들에게 계속 편지를 썼다. 칭찬을 통해 향학열을 분발시켜야지, 야단과 책망으로 의욕을 꺾으면 안 된다는 것이 일관된 당부였다.

　퇴계 선생의 「훈몽訓蒙」시에 이런 것이 있다.

　　많은 가르침은 싹을 뽑아 북돋움과 한가지니
　　큰 칭찬이 회초리보다 훨씬 낫다네.
　　내 자식 어리석다 말하지 말라
　　좋은 낯빛 짓는 것만 같지 못하리.

　　多敎等揠苗　大讚勝撻楚
　　莫謂渠愚迷　不如我顏好

　어떤 이가 자기 밭에 심군 곡식이 싹이 잘 안 자라자 싹을 강제로 뽑아 올라오게 했다. 그리고는 자라는 것을 도와주었다고〔助長〕 자랑했다. 다음 날 보니 싹은 다 말라 죽어 있었다. 『맹자』에 나오는 이야기다. 덮어놓고 많이 가르치고, 이것저것 배우게 하는 것은, 욕심 때문에 멀쩡한 싹을 뽑아 올려 싹을 죽이고 마는 어리석은 농부의 행동과 같다. 정색을 한 매질보다는 칭찬이, 어리석다는 야단보다는 신뢰를 담은 기쁜 낯빛을 짓는 것이 자식의 바른 성장에 훨씬 낫다는 말씀이다.

　아이가 불쑥 영어 한두 마디 한다고 무슨 천재라도 난 줄 알고 영재교육이다 뭐다 해서 호들갑 떨 일이 아니다. 아이에게 정말 필요한 것은 부모의 칭찬과 든든한 신뢰, 그리고 환한 낯빛이다.

심입천출

세게 공부해서 쉽게 풀어낸다

|

深入淺出

안정복安鼎福(1712-1791)이 권철신權哲身에게 보낸 편지의 한 대목.

　독서는 모름지기 의심이 있어야 합니다. 의심이 있은 뒤라야 학
업에 나아갈 수가 있지요. 주자께서는 "책을 읽으면서 크게 의심하
면 크게 진보한다"고 하셨고, 또 "처음 읽을 때는 의심이 없다가
그 다음에 점점 의심이 생기고, 중간에는 구절마다 의심이 들게 된
다. 이런 것을 한 차례 거친 뒤에야 의심이 점차 풀어지고 두루 꿰
어 하나로 통하게 된다. 이것이 바로 배움이다"라고 했습니다. 이
것은 독서의 일대 단안斷案이니 다른 방법이 없습니다. 대저 성현

의 말씀은 모두 평이명백平易明白하므로, 깊이 탐구하려다 스스로 의심과 혼란 속에 얽혀 들어가서는 안 됩니다. 퇴계 선생께서도 말씀하셨지요. "책을 읽을 때는 별다른 뜻을 깊이 구할 필요 없이 마땅히 본문에서 드러나 있는 뜻을 구해야 한다"구요.

讀書須要有疑, 有疑而後, 可以進業. 朱子曰 : "讀書大疑則大進." 又曰 : "始讀未始有疑, 其次漸漸有疑, 中則節節是疑. 過了這一番後, 疑漸釋, 以至融貫會通, 方是學." 此爲讀書之一大斷案也, 更無別法. 而大抵聖賢言語, 皆平易明白, 不可探曲以求, 自致纏繞于疑亂之中矣. 退溪李子曰 : "讀書不必深求異意, 當於本文上, 求見在之義."

성현의 말씀이 '평이명백'한 것은 공부가 크기 때문이다. 소인의 말은 배배 꼬여 있다. 아무것도 아닌 것을 거창하게 말하는 버릇과, 어려운 것을 쉽게 설명하는 능력은 다르다. 모르면 말이 꼬여 어려워지고, 알면 명백해서 석연하다. 논문도 그렇다. 초짜들은 각주가 많고 사설이 길다. 읽고 나도 무슨 말인지 알 수가 없다. 고수는 다르다. 포정庖丁이 관절과 관절 사이로 칼을 찌르듯 힘들이지 않고 핵심을 찌른다. 그도 처음부터 그랬겠는가? 자꾸 보고 오래 겪어 모호하던 것이 분명해질 때까지 따지고 살피다 보니 평이명백平易明白해진 것이다. 안 보일 때는 걸음마다 망설여지고 오리무중五里霧中이더니, 보이기 시작하자 백 리 밖의 일도 손바닥 위에 있다. 아직 일어나지 않은 일도 어제 일처럼 분명하다. 명명백백하다. 모를 일이 없다.

심입천출深入淺出이란 이를 두고 하는 말이다. 깊이 들어가 얕게 나온다. 어려울수록 쉽고, 모를수록 어렵다. 세계 공부해서 쉽게 풀어낸다. 공부가 깊어야 설명이 간결하다. 자기가 잘 알아야 남도 쉽게 이해한다. 말이 현란한 것은 모르기 때문이다. 한 번 들어 알기 어려운 말은 옳은 말이 아니다. 제 속이 빈 것을 남들이 알아차릴까 봐 말이 많아진다. 남이 나를 업신여기지 못하게 하려고 허세를 부린다. 하지만 두드려보면 빈 깡통이요 알곡 없는 쭉정이다. 마음으로 읽고 뜻으로 보면 진짜와 가짜는 금세 구별된다. 속임수로 쓴 글과 진정이 담긴 글은 금방 알 수가 있다.

독서망양

책에 빠져 양을 잃다

—

讀書亡羊

쓰루가야 신이치鶴ヶ谷真一의『책을 읽고 양을 잃다』(이순 간)를 여러 날째 아껴 읽고 있다. 하루에 9cm 두께의 한적漢籍을 읽었다는 오규 소라이荻生徂徠 등 일본과 동서양 독서광들의 책에 얽힌 사연을 다룬 에세이집이다. 벌레를 막기 위해 옛 사람들이 고서의 갈피에 묻어 둔 은행잎 이야기는 향기롭고, "꼭 필요한 사람에게 전할 뿐 군이 자손일 필요는 없다〔得其人傳. 不必子孫〕" 같은 장서인이 찍힌 책 이야기는 상쾌하다.

책 제목은『장자莊子』「변무駢拇」편의 '독서망양讀書亡羊'에서 따왔다. 장臧과 곡穀이 양을 치다가 둘 다 양을 잃었다. 경위를 따져 묻자 장이 실토한다. "책에 빠져 있었습니다." 곡이 대답했다. "노름을 좀 했어요." 장자가 말한다. "한 일은 달라도 양을 잃은 것은 한 가지다." 종의 일은 양을 지키는 것인데, 책 읽고 노름하다가 본분을 잃고 양을 놓쳤다. 『열자列子』「설부說符」에 다기망양多岐亡羊의 고사가 나온다. 기르던 양 한 마리가 없어졌다. 온 집안 식구가 동원되어 찾으러 나섰다. 끝내는 빈손으로 돌아왔다. 연유를 묻자, 갈림길이 하도 많아 끝까지 가 볼 수가 없었다고 대답했다.

망양亡羊이 자주 문제가 되는 것을 보면 당시에 양이 생계의 든든한 자산인 줄을 알겠다. 독서나 도박의 즐거움은 때때로 양과 맞바꿔 아깝지 않을 정도다. 장자는 외물에 정신이 팔려 본분을 잃은 것을 함께 나무랐지만, 독서와 노름이 같을 수야 없다. 독서는 내 안에 차곡차곡 쌓이는 것이 있지만, 노름을 하면 돈과 명예가 흔적 없이 사라져 버린다.

장 보러 가던 아내가 독서삼매에 든 남편에게 당부했다. "날이 꾸물꾸물한데, 혹 비가 오거든 마당에 널어둔 겉보리 좀 걷어 줘요." 그녀가 돌아왔을 때 보리는 그 사이에 쏟아진 소나기에 다 떠내려가고 없었다. 후한 때 고봉高鳳의 이야기다. 그는 이렇게 공부에 몰입해서 큰 학자가 되었다. '표맥漂麥'의 고사가 여기서 나왔다. 표맥, 즉 떠내려간 보리는 학문을 향한 갸륵한 몰두를 일컫는 뜻으로 쓴다.

큰 공부를 하자면 양이나 겉보리의 희생쯤은 감수하지 않을 수 없다. 해외 원정 도박에 나섰다가 모든 것을 다 잃고 감옥에까지 간 어떤 가수가 책에 그렇게 빠졌더라면 하고 아쉬운 생각을 해 본다.

파초신심

새 잎을 펼치자 새 심지가 돋는다

|

芭蕉新心

이태준의 수필집 『무서록』에 「파초」란 글이 있다. 여름날 서재에 누워 파초 잎에 후득이는 빗방울 소리를 들을 때 '가슴에 비가 뿌리되 옷은 젖지 않는 그 서늘함'을 아껴 파초를 가꾸노라고 썼다. 없는 살림에도 소 선지에 생선 씻은 물, 깻묵 같은 것을 거름으로 주어 성북동에서 제일 큰 파초로 길러 낸 일을 자랑스러워했다. 앞집에서 비싼 값에 사갈 테니 그 돈으로 새로 지은 서재에 챙이나 해 다는 것이 어떻겠느냐 해도, 챙을 달면 파초에 비 젖는 소리를 못 듣는다며 들은 체도 않았다. 당시까지만 해도 서울에서 파초 기르는 것이 꽤 유행했던 모양이다.

조선시대 선비들의 파초 사랑도 유난했다. 파초는 남국의 식물이다. 겨울을 얼지 않고 나려면 월동 마련이 여간 성가시지 않았다. 하지만 폭염 아래서 파초는 푸르고 싱그러운 그늘로 초록 하늘을 만들어 눈을 시원하게 씻어 준다. 그래서 파초의 별명이 녹천綠天이다. 이서구李書九의 당호는 '녹천관綠天館'인데, 집 마당의 파초를 자랑으로 여겨 지은 이름이다.

파초 잎에 시를 쓰며 여름을 나는 일은 선비의 운사韻事로 쳤다. 여린 파초 잎을 따서 그 위에 당나라 왕유王維의 「망천절구輞川絶句」시를 쓴다. 곁에서 먹을 갈고 있던 아이가 갖고 싶어 한다. 냉큼 건네주면서 대신 호랑나비를 잡아오게 한다. 머리와 더듬이, 눈과 날개의 빛깔을 찬찬히 관찰하다가 꽃 사이로 불어오는 산들바람을 향해 날려 보낸다. 이덕무의 『선귤당농소蟬橘堂濃笑』에 나오는 아름다운 광경이다.

이런 운치 말고도 옛 선비들이 파초를 아껴 가꾼 것은 끊임없이 새 잎을 밀고 올라오는 자강불식自彊不息의 정신을 높이 산 까닭이다. 송나라 때 학자 장재張載는 파초시에서 이렇게 노래했다.

파초의 심이 다해 새 가지를 펼치니
새로 말린 새 심이 어느새 뒤따른다.
새 심으로 새 덕 기름 배우길 원하노니
문득 새 잎 따라서 새 지식이 생겨나리.
芭蕉心盡展新枝　新卷新心暗已隨
願學新心養新德　旋隨新葉起新知

잎이 퍼져 옆으로 누우면 가운데 심지에서 어느새 새 잎이 밀고 나온다. 공부하는 사람의 마음가짐도 늘 이렇듯 중단 없는 노력과 정진을 통해 키가 쑥쑥 커 나가는 법이다.

이재관, 「파초 잎에 시를 쓰는 선비」, 국립중앙박물관 소장

공부의 칼끝

117

평생출처

시련과 역경 속에 본바탕이 드러난다

|

平生出處

다산이 34세 때 우부승지右副承旨의 중앙 요직에서 금정찰방金井察訪의 한직으로 몇 단계 밀려 좌천되었다. 준비 없이 내려간 걸음이어서 딱히 볼 만한 책 한 권이 없었다. 어느 날 이웃에서 반쪽짜리 『퇴계집退溪集』한 권을 얻었다. 마침 퇴계가 벗들에게 보낸 편지글이 실린 부분이었다.

다산은 매일 새벽 세수한 후 편지 한 통을 아껴 읽고 하루 일과를 시작했다. 오전 내내 새벽에 읽은 편지 내용을 음미했다. 정오까지 되새기다가 편지에서 만난 가르침에 자신의 생각을 보태서 한 편씩 글을 써 나갔다. 33편을 쓰고 났을 때, 정조는 그를 다시 중앙으로 불러올렸다. 그 경계와 성찰의 기록에 다산은 『도산사숙록陶山私淑錄』이란 제목을 부쳤다. 남들이 낙담해서 술이나 퍼마실 시간에 그는 이웃에서 얻은 반쪽짜리 선현의 편지 속에서 오롯이 자신과 맞대면했다.

박순朴淳에게 보낸 답장에서 퇴계가 말했다.

어찌 바둑 두는 것을 보지 못했습니까. 한 수를 잘못 두면 온 판을 그르치게 됩니다. 기묘년의 영수領袖 조광조가 도를 배워 완성하기도 전에 갑자기 큰 명성을 얻자, 성급히 경세제민經世濟民을 자임하였습니다.

이 글을 읽고 다산은 퇴계의 평생 출처가 이 한 문단에 다 들어 있다고 적었다. 당시와 같은 성대에도 앞선 실패를 거울삼아 이렇듯이 경계한 것을 보고, 군자의 몸가짐이 어떠해야 하는지 한 수 배웠다고 했다. 자신의 실패 또한 몸가짐을 삼가지 못한 데서 왔음을 맵게 되돌아본 것이다.

퇴계는 이담李湛에게 보낸 답장에서 또 이렇게 적었다.

사람들은 모두 세상이 날 몰라준다고 말하는데, 저 또한 이 같은 탄식이 있습니다. 하지만 남들은 그 포부를 알아주지 않는 것을 탄식하나, 저는 제 공소空疏함을 남들이 알아채지 못하는 것을 탄식합니다.

허명을 얻은 것이 부끄럽다고 하신 말씀인데, 다산은 그 말에 저도 모르게 그만 진땀이 나고 송구스러웠다고 적었다. 이렇게 해서 퇴계의 편지 한 줄 한 줄이 자신을 반성하는 채찍이 되고, 정신을 일깨우는 죽비가 되었다.

시련과 역경 속에서 사람의 본바탕이 드러난다. 좌절의 시간에 그저 주저앉고 마는 사람과 그 시간을 자기 발전의 토대로 삼는 사람이 있다. 평소의 공부에서 나온 마음의 힘이 있고 없고가 이 차이를 낳는다.

의금상경

비단 옷을 입고는 덧옷으로 가린다

|

衣錦尙絅

국립중앙박물관에서 열린 고려불화대전의 감동이 오래도록 가시질 않는다. 일본 후도인不動院 소장의 비로자나불도 상단에는 '만오천불萬五千佛'이란 글씨가 적혀 있다. 조명이 어두워 몰랐더니, 집에 와 도록을 살펴보곤 뒤늦게 놀랐다. 세상에! 화면 전체에, 심지어 부처님의 옷 무늬에까지 빼곡하게 1만 5천의 부처님이 어김없이 그려져 있었다. 한 폭 그림에 쏟은 정성이 무섭도록 놀라웠다.

고려 불화의 채색은 웅숭깊고 화려하다. 비단 위에 주사朱砂와 석록石綠, 석청石靑 등의 천연 안료를 썼다. 원색임에도 배채법背彩法을 써서 투명하게 쌓아 올린 색채 위에 화려한 금니로 장식성을 더했다. 그 중에서도 여러 수월관음도는 예외 없이 모두 보관寶冠 위로부터 전신에 투명한 사라의紗羅衣를 드리운 것이 눈에 띈다. 화려한 비단옷이 그 아래로 은은히 비친다. 불경에서 관음보살이 백의를 걸치고 정병淨瓶을 들고 연화대좌 위에 앉아 있는 모습으로 묘사한 것을 따른 것이다. 중국인이 그린 수월관음도에는 백의가 투명하지 않다. 우리 것은 다르다. 속이 다 비친다.

그림을 보다가 문득 『중용』 33장에 나오는 "비단옷을 입고 엷은 홑옷을 덧입는다〔衣錦尙絅〕"는 말이 떠올랐다. 비단옷 위에 홑겹의 경의絅衣를 덧입는 것은 화려한 문채가 겉으로 드러나는 것을 가려 주기 위해서다. 화려한 옷을 드러내지 않고 왜 가리는가? 그 대답은 이렇다. "그런 까닭에 군자의 도는 은은해도 날로 빛나고, 소인의 도는 선명하나 나날이 시들해진다." 가려 줘야 싫증나지 않고, 덮어 줄 때 더 드러난다. 『시경』에도 이렇게 노래했다.

비단 저고리 입고는 엷은 덧저고리를 입고
비단 치마를 입으면 엷은 덧치마를 입는다네.
衣錦褧衣　裳錦褧裳

물속에 잠겼으나
또한 또렷이 드러난다.
潛雖伏矣　亦孔之昭

표현은 달라도 담긴 뜻은 같다.

진정한 아름다움은 안으로부터 비쳐 나온다. 한눈에 어지러운 화려함은 잠시 눈을 끌 수는 있어도 오래가지는 못한다. 천연 안료를 여러 차례 묽게 덧칠해서 빚어낸 잠착한 색상 위에 금니로 화려한 문양을 얹고, 이를 다시 사라의로 살짝 가려 준 수월관음도! 삶의 가장 절정의 순간도 어쩌면 이런 인내와 환희, 그리고 절제 속에 빛나는 것인 줄을 짐작하겠다.

고려 후기, 「비로자나불도毘盧舍那佛圖」, 비단에 색, 162.0×88.2cm, 일본 후도인 소장

글의 마음을 얻고 슬기 구멍이 활짝 열려야

文心慧竇

다산은 어린이 교육에 특별히 관심이 많았다. 특히 『천자문』과 『사략』 같은 책을 동몽童蒙을 위한 학습 교재로 쓰는 것에 대해 반대의 뜻을 분명히 했다.

『천자문』은 비슷한 것끼리 묶어 계통적으로 세계를 인식하게 만드는 짜임새 있는 책이 아니다. 천지天地를 가르쳤으면 일월日月과 성신星辰, 산천山川과 구릉丘陵을 익히게 해야 한다. 그런데 대뜸 현황玄黃으로 넘어간다. 현황을 배웠으면 청적青赤과 흑백黑白, 홍자紅紫와 치록緇綠의 색채어를 마저 익혀야 옳다. 하지만 다시 우주宇宙로 건너뛴다. 이런 방식으로는 아이들의 오성悟性을 열어 줄 수 없다. 또 현황玄黃을 가르치고, 조수鳥獸를 배운 후, 비주飛走를 익히고 나서, '황조우비黃鳥于飛', 즉 노란 새가 난다는 구절을 가르치면 아이들은 문장의 구성 원리를 저절로 터득한다. 단계와 계통을 밟아 가르쳐야 문심혜두文心慧竇가 열려 공부에 재미를 붙이게 된다고 말했다.

『사략』을 평한 글에서는 이렇게 말했다.

어린이를 가르치는 방법은 그 지식을 열어 주는 데 달렸다. 지식이 미치면 한 글자 한 구절도 모두 문심혜두의 열쇠가 되기에 충분하다. 하지만 지식이 미치지 못하면 다섯 수레의 책을 기울여 만 권을 독파한다 해도 읽지 않은 것과 같다.

역사책도 합리적 사고가 가능한 내용이라야지 황당한 신화 전설부터 가르치면 아이들이 어리둥절해서 공부에 흥미를 잃고 만다고 보았다.

다산은 반복해서 문심혜두文心慧竇를 강조했다. 문심은 글자 속에 깃든 뜻과 정신이다. 혜두는 '슬기 구멍'이다. 문심을 알고 혜두가 열려야 공부 머리가 깬다. 문심혜두를 열어 주는 것이야말로 어린이 교육의 가장 큰 목표다. 그러려면 어떻게 해야 할까? 다산은 촉류방통觸類旁通의 방법을 제시했다. 비슷한 부류끼리 접촉하여 곁가지로 지식을 확장시키는 방법이다. 계통을 갖춰 정보를 집적해 나가면 세계를 인지하고 사물을 이해하는 안목이 점차 단계적으로 열린다. 주입식으로 그저 암기만 시키면 아이들은 금방 싫증을 내며 끝내 공부를 멀리한다. 슬기 구멍이 열리기는커녕 꽉 닫혀 버린다. 하나를 배워 열로 증폭되는 공부를 해야지, 열을 가르쳐 한 둘을 건지는 공부를 시키면 안 된다. 무작정 학원 많이 보낸다고 문심혜두가 열리는 법이 없다.

발초첨풍

풀을 뽑아 길을 낸 후 풍모를 우러른다

—

撥草瞻風

지난해 일 년 동안 인터넷 카페에 인문학 강의 연재를 진행했다. 다산과 제자 황상黃裳과의 만남이 그 주제였다. 매번 글을 올릴 때마다 달리는 댓글에 긴장을 놓을 수가 없었다. 인용한 다산 선생의 글 중에 발초첨풍撥草瞻風이란 말이 나오길래, 무심코 '풀을 뽑고, 바람을 우러른다'고 풀이했다. 대뜸 댓글로 이런저런 전거가 올라왔다. 다른 역자의 번역과 비교한 글도 있었다. 덩달아 궁금해져서 찾아보았다. 뜻밖에 불가佛家에서 자주 쓰는 비유였다.

원래 발초첨풍은 『오등회원五燈會元』 중 「동산록洞山錄」에 처음 나온다. 동산 선사가 위산潙山 선사를 찾아가니, 그가 말했다. "이번에 가는 풍릉澧陵의 유현攸縣에는 석실石室이 잇달아 있다. 그 중에 운암도인雲巖道人이란 분이 계시다. 능히 풀을 뽑아 풍도를 우러를 수 있다면 반드시 그대가 중히 여기는 바가 될 것이다." 정성을 쏟아 예를 다하라는 뜻으로 썼다.

『무문관無門關』에도 보인다. 열화상悅和尙이 삼관三關을 베풀어, 배움의 길을 묻는 사람은 풀을 뽑아 깊은 이치를 참구하여, 다만 견성見性하기를 도모해야 한다고 했다. 벽암碧巖이 이를 평하여 말했다. "옛 사람은 행각을 떠날 때, 사귐을 맺되 벗을 가려서 동행과 동반으로 삼아, 풀을 뽑고 바람을 우러른다." 그 풀이에는 "험한 길을 거쳐서 선지식의 덕스런 풍모를 우러른다"는 뜻이라고 나와 있다.

사람들이 다니지 않은 숲길은 잡초와 잡목이 무성하다. 새로운 경지를 열려면 막힌 길을 뚫어 새 길을 내야 한다. 먼저 잡초를 걷어 내지 않으면 한 걸음도 더 나갈 수가 없다. 이처럼 학인學人도 두 눈을 똑바로 떠서 자기 앞을 가로막는 미망迷妄을 걷어내 던져 버려야 한다. 큰 스승의 덕풍德風을 사모하려 해도 가시덤불을 헤쳐 나가는 고초가 먼저다. 두 발을 꽉 딛지 않으면 허공만 보다가 걸려 넘어진다.

풀을 뽑아야 길이 생긴다. 발초의 성실함 위에 첨풍의 겸손을 보태야지 비로소 깨달음의 단계로 진입할 수 있다. 제 노력 없이 거저먹는 수는 없다. 준비 없이는 어림없다. 대뜸 떠먹여 주는 스승은 스승이 아니다. 이런 질문과 대답의 과정에서 정보화 시대, 쌍방향 소통의 위력을 새삼 느낀다. 가르치려다 늘 한 수 배운다.

처음부터 가르쳐라

教婦初來

  남자는 가르치지 않으면 내 집을 망치고, 여자는 가르치지 않으면 남의 집을 망친다. 그러므로 미리 가르치지 않는 것은 부모의 죄다. 당장에 편한 대로 은애恩愛하다가 무궁한 근심과 해악을 남긴다.

  不教男子亡吾家, 不教女子亡人家. 故教之不預, 父母之罪也. 縱姑息之恩愛, 貽無窮之患害.

이덕무가 『사소절士小節』에서 한 말이다. 뜨끔하다. 이런 말도 보인다.

망아지는 길들이지 않으면 좋은 말이 될 수 없고, 어린 솔은 북돋워 주지 않으면 훌륭한 재목이 될 수 없다. 자식을 두고도 가르치지 않는 것은 내다버리는 것과 한가지다.

生馬之駒, 不能調習, 不可以爲良驥. 稺松之苗, 不能培壅, 不可以成美材. 故有子而不能敎, 猶棄之也.

나무도 어릴 때부터 체형을 잡아 주고 곁가지를 쳐 주어야 바르고 곧게 자라 재목감이 된다. 날뛰는 망아지는 타고난 자질이 뛰어나도 사람이 탈 수가 없다. 아들 낳아 제 집을 망치고, 딸을 길러 남의 집을 망친다면 큰일이 아닌가. 결국 잘 가르쳐야겠는데, 영어 수학 잘 가르쳐 성적 올라간다고 될 일이 아니니 큰 문제다.

『안씨가훈顔氏家訓』에는 더 구체적으로 이렇게 적었다.

부모가 위엄이 있으면서 자애로우면 자녀는 어려워 삼가며 효성이 생겨난다. 내가 세상을 보니 가르치지는 않고 귀여워만 해서 늘 반대로 한다. 음식을 먹거나 행동함에 있어 제 하고 싶은 대로 하게 둔다. 나무라야 할 일을 오히려 잘한다고 하고, 꾸짖을 일에 오히려 웃는다. 이렇게 하면 철들고 나서도 당연히 그래도 되는 줄 안다. 교만이 습성이 되어 그제야 이를 막으려고 죽도록 매질해도 부모의 위엄은 서지 않는다. 자식은 날로 성냄이 심해지고 원망이 늘어 성장해서도 끝내 패덕한 사람이 되고 만다. 공자께서 '어려서 이룬 것은 천성과 같고, 습관은 자연과 한가지다'라고 한 것이 이것이다. 속담에도 '며느리는 처음 왔을 때 가르쳐야 하고, 아이는 어릴 적부터 가르쳐야 한다'고 했다. 참으로 좋은 말이다.

父母威嚴而有慈, 則子女畏愼而生孝矣. 吾見世間, 無敎而有愛, 每
不能然. 飮食運爲, 恣其所欲. 宜誡翻獎, 應訶反笑. 至有識知, 謂法
當爾. 驕慢已習, 方復制之, 捶撻至死而無威, 忿怒日隆而增怨, 逮于成
長, 終爲敗德. 孔子云:"少成若天性, 習慣如自然." 是也. 俗諺曰:"敎婦
初來, 敎兒嬰孩" 誠哉斯語!

부모가 바른 본을 못 보이니 자식에게 영이 안 선다. 자식은 본대로
행동한다. 밖에서 하는 행동거지를 보면 부모의 평소 언행이 훤히 보
인다. 어찌 삼가지 않겠는가. 새 학기가 가까워서인지 주변에 온통 학
원 광고뿐이다. 상위 1%가 되려거나 성적을 한꺼번에 올리려면 다녀
야 할 곳이 참 많다. 효율적인 학습법과 과학적인 두뇌 개발법은 하루
가 다르게 발전하는데, 정작 중요한 인성人性 교육은 아무도 관심이 없
다. 비싼 학원만 보내면 부모 할 도리를 다했다고 생각하는 눈치다.

북원적월

북으로 가려던 수레가 남쪽으로 가다

|

北轅適越

동서남북은 일정한 방위지만, 전후좌우는 일정함이 없다.

南北東西, 一定之位也, 前後左右, 無定之位也.

청나라 때 장조張潮가 『유몽영幽夢影』에서 한 말이다. 해는 동쪽에서
떠서 서쪽으로 진다. 북두칠성은 항상 북쪽 하늘에 뜬다. 사람들이 이
것으로 방향을 가늠한다. 어디서나 그렇고 언제나 그렇다. 전후좌우는
좀 다르다. 내 앞은 마주 선 사람의 뒤이고, 내 왼편은 그의 오른편이
다. 수시로 바뀐다. 문제는 이 둘을 착각할 때 생긴다.

다산은 귀양 가 있던 벗 김기서金基叙에게 보낸 편지에서 이렇게 말

했다.

군자가 택선고집擇善固執함은 그 선택함이 본래 정밀하기 때문이요. 만약 애초에 선택이 잘못되었는데도 굳게 지키는 것만 덕으로 여긴다면 북원적월北轅適越하지 않음이 없을 것이요.

택선고집은 좋은 것을 가려 굳게 지킨다는 뜻이다. 굳게 지키는 것은 자신의 선택에 확신이 있기 때문이다. 이게 잘못되면 지킬수록 헤매게 되고 마침내 영 딴 곳에 도착하게 된다. 북원적월은 북쪽으로 수레를 몰면서 정작 남쪽 월나라로 가려하는 어리석음을 가리켜 하는 말이다.

정개청鄭介淸은 선조 임금에게 올린 상소문에서 이렇게 말했다.

전하께옵서 오늘날 하시는 바를 가지고 오늘날 하고자 하는 바를 구하려는 것은 참으로 이른바 북쪽으로 수레를 몰면서 남쪽 월나라로 가려는 격입니다. 결단코 뜻을 이룰 이치가 없으리이다.

동서남북과 전후좌우를 혼동했다는 지적이다. 플랫폼의 방향을 착각하면 서울을 가려다 부산에 가닿는 수가 있다. 뒤돌아보지 않고 달렸는데 목표에서 딱 그만큼 더 멀어진다. 열심히 하느냐가 중요하지 않고, 제대로 하느냐가 중요하다. 몸이 부서져라 일해도 되는 일이 없다고 탄식하지 말라. 지금 가는 방향이 바른지부터 점검하는 것이 먼저다. 기차를 잘못 탔으면 머뭇대며 고집을 부리지 말고 즉시 내려 갈

아타야 한다.

세상이 워낙 빠르게 변하는지라 적응이 쉽지 않다. 마누라 빼고 다 바꾸라고 한다. 그런데 막상 바꿔야 할 것과 바꿔서는 안 될 것을 자주 혼동하니 문제다. 바꿀 것은 바꾸고, 바꿔서 안 될 것은 지켜야 한다. 사람들은 반대로 한다. 바꿀 것은 안 바꾸고, 바꾸지 말아야 할 것만 바꾼다. 바꿨으니 좋은 결과가 나오겠지 하다가 엉뚱한 곳에 도착해서 고개를 갸웃댄다. 덩달아 남 따라 하지 말라. 제대로 똑바로 나름대로 해야 한다.

묘
계
질
서

순간의 깨달음을 놓치지 말고 메모하라

妙契疾書

영남대학교 동빈문고에 다산 선생의 손때가 묻은 『독례통고讀禮通攷』란 책이 있다. 청나라 때 학자 서건학徐乾學의 방대한 저술이다. 아래위 여백에는 그때그때 적어 둔 다산의 친필 메모가 빼곡하다. 선생은 메모를 적은 날짜와 상황까지 꼼꼼하게 기록해 두었다. 병중에도 썼고, 우중에도 썼다. 이 메모의 방식과 그것이 자신의 저작에 반영되는 과정에 대해 한 편의 글로 써 볼까 전부터 궁리 중이다. 다산 선생의 놀라운 작업의 바탕에는 수사차록隨思箚錄, 즉 생각을 놓치지 않고 적어 두는 끊임없는 메모의 습관이 있었다.

묘계질서妙契疾書란 말이 있다. 묘계妙契는 번쩍 떠오른 깨달음이다.

질서疾書는 빨리 쓴다는 뜻이다. 주자가 「장횡거찬張橫渠贊」에서 한 말에서 나왔다.

생각을 정밀하게 하고 실천에 힘쓰며, 깨달음이 있으면 재빨리 썼다.
精思力踐, 妙契疾書.

장횡거는 『정몽正蒙』을 지을 적에, 거처의 곳곳에 붓과 벼루를 놓아 두었다가, 자다가도 생각이 떠오르면 곧장 촛불을 켜고 그것을 메모해 두곤 했다.

성호 이익 선생도 이러한 묘계질서의 방법을 평생 실천했다. 경전을 읽다가 스쳐 간 생각들을 메모로 붙들어 두었다. 이것이 모여 『시경질서』, 『맹자질서』, 『가례질서』, 『주역질서』 같은 일련의 책이 되었다. 이수광의 『지봉유설』 역시 책을 읽을 때마다 자신의 생각을 기록으로 남긴 메모벽의 결과다. 『열하일기』는 애초에 연행 도중에 쓴 글이 아니다. 귀국 후 여러 해 동안 노정 도중 적어 둔 거친 비망록을 바탕으로 생각을 키워 나가 완성시켰다. 메모가 없었다면 『열하일기』도 없었다. 이덕무의 『이목구심서耳目口心書』는 귀로 듣고 눈으로 보고 입으로 말하고 마음으로 새긴 풍경들을 붙들어 둔 기록이다. 사소한 일상의 스쳐 지나가는 생각들이 서말 구슬로 꿰어져 보석처럼 영롱하다. 그 또한 못 말리는 메모광이었다.

메모의 습관은 경쟁력을 강화시켜 준다. 모든 위대성의 바탕에는 예외 없이 메모의 힘이 있다. 생각은 미꾸라지처럼 손가락 사이로 빠져

나간다. 달아나기 전에 붙들어 두어야 내 것이 된다. 들을 때는 *끄덕끄덕* 해도 돌아서면 남는 것이 없다. 하지만 메모가 있으면 *끄떡없다*. 머리는 믿을 것이 못 된다. 손을 믿어라. 그저 지나치지 말고 기록으로 남겨라. 그래야 내 것이 된다.

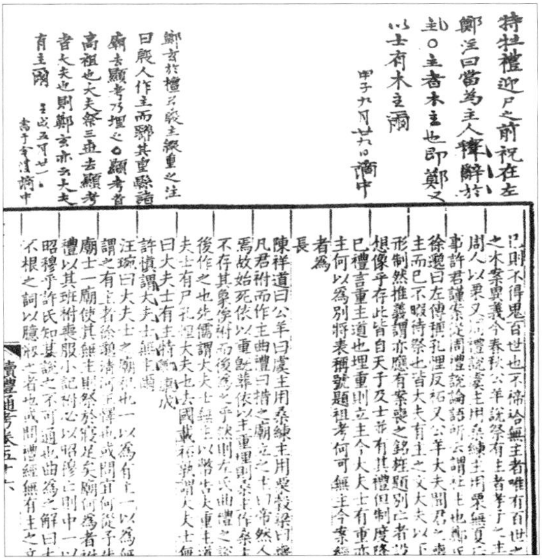

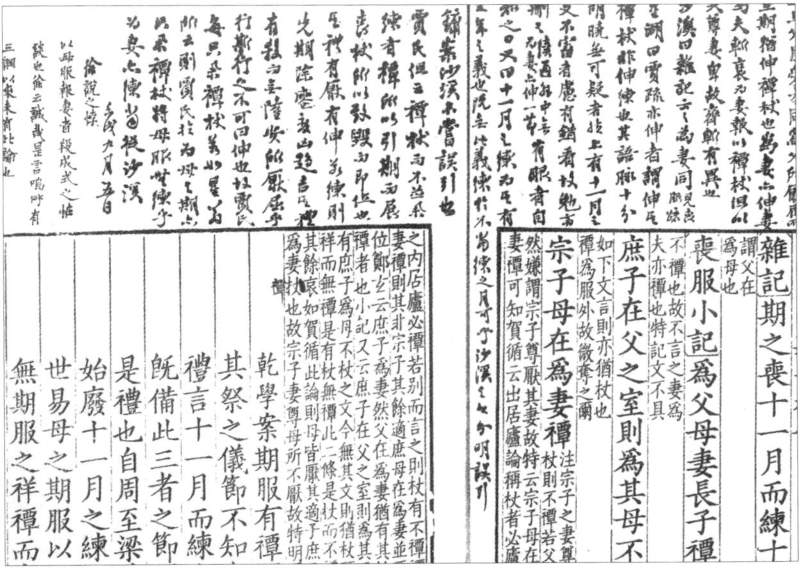
雜記期之喪十一月而練十
喪服小記爲父母妻長子禫
庶子在父之室則爲其母不
宗子母在爲妻禫
乾學案期服有禫
其祭之儀節不知
禮言十一月而練
旣備此三者之節
是禮也自周至梁
始廢十一月之練
世易母之期服以
無期服之祥禫而

『독례통고讀禮通考』의 여백에 적힌 다산의 메모

해현갱장

거문고 줄을 풀어 팽팽하게 다시 맨다

解弦更張

얼마 전 허진 교수의 전시회를 보러 성곡미술관에 갔다가 화가가 쓴 글을 보았다.

해현갱장解弦更張! 느슨해진 거문고 줄을 다시 팽팽하게 바꾸어 맨다는 뜻. 어려울 때일수록 긴장을 늦추지 않고 기본으로 돌아가 원칙에 충실하자는 다짐을 해 본다. 편안함은 예술가들이 빠져들기 쉬운 치명적 독이자 유혹이다.

관성과 타성의 매너리즘에 빠지지 않고, 초심의 긴장을 유지하겠다는 다짐이다. 이만 하면 됐다 싶을 때가 위기다. 이젠 괜찮겠지 싶으면 바꾸라는 신호다. 기성에 안주하면 예술은 없다. 자족은 결코 용납되지 않는다.

그 반대는 교주고슬膠柱鼓瑟이다. 줄이 잘 맞았을 때 기러기발을 아예 아교로 붙여 놓고 그 상태를 계속 유지해 보겠다는 심산이다. 초짜들은 줄 맞추기가 영 어렵다. 맞은 상태가 내쳐 유지되면 좋겠는데, 거문고 줄은 날씨나 습도의 영향에 민감하다. 제멋대로 늘어났다 수축되었다 한다. 하지만 기러기발을 아교로 딱 붙여 놓으면 당장에는 편할지 몰라도 그때그때 제대로 된 음을 맞출 수가 없다. 변화에 대처할 수가 없다.

줄이 낡아 오래되면 아예 줄을 죄 풀어서 새 줄로 다시 매야 옳다. 늘어지던 소리가 찰지게 되고, 흐트러진 음이 제 자리를 찾는다. 이것이 해현갱장解弦更張이다. 『한서漢書』 「동중서전董仲舒傳」에 나온다. 한나라는 진나라를 이었다. 하지만 진나라의 제도와 마인드로는 나라에 새로운 기운을 불어넣을 방법이 없었다. 그는 옛 제도로 새 나라의 질서를 바로잡으려는 것은 끓는 물로 뜨거운 물을 식히고, 섶을 안고 불을 끄겠다는 격이라고 했다. 거문고 줄이 영 안 맞으면 줄을 풀어 다시 매는 것이 옳다. 정치가 난맥상을 보이면 방법을 바꿔 다시 펼쳐야만 질서가 바로잡힌다. 줄을 바꿔야 할 때 안 바꾸면 훌륭한 악공도 연주를 못한다. 고쳐야 하는데 안 고치면 아무리 어진 임금도 다스릴 수가 없다.

해현갱장해야 할 때 교주고슬을 고집하면 거문고를 버린다. 고집을 부려 밀어붙이는 것만 능사가 아니다. 제 악기가 내는 불협화음은 못 듣고, 듣는 이의 귀만 탓한다. 사정이 이런데도 전에 괜찮았으니 앞으로도 문제 없을거야 하며 아교만 찾는다. 남들은 듣기 괴롭다고 난리인데 제 귀에만 안 들린다. 줄을 풀어 새 줄을 매야 할 때가 된 것이다.

견골상상

이미지를 유추해서 본질에 도달하라

見骨想象

4000년 전 북경을 포함한 중국 전 지역에 코끼리가 살았다. 고대 코끼리의 존재는 상商과 촉蜀 지역 유적지에서 나온 뼈와 청동기 부조, 갑골문의 기록을 통해 확인된다. 최근 간행된 '3000년에 걸친 장대한 중국 환경사'라는 부제가 붙은 마크 엘빈의 『코끼리의 후퇴』(사계절 간)에도 3000년에 걸친 인간과 코끼리의 대립을 다룬 내용이 나온다.

코끼리의 서식지인 숲이 인간의 경작지로 바뀌고, 농작물 보호를 위해 코끼리를 없애거나, 전쟁이나 운반, 의식에 사용하려고 사로잡는 일들이 반복되었다. 또 요리 재료와 귀한 상아를 얻기 위해 그들을 살육하면서 코끼리는 점차 인간의 주변에서 사라졌다.

전국시대 말기에 이르면 이미 살아 있는 코끼리를 직접 보기가 어려웠던 모양이다. 『한비자韓非子』의 「해로解老」편에 이런 대목이 있다.

사람들이 산 코끼리를 보기 힘들게 되자 죽은 코끼리의 뼈를 구해, 그림을 그려 산 모습을 떠올려 보곤 했다. 그래서 여러 사람이 뜻으로 생각하는 것을 모두 '상象'이라 말한다.

뼈만 보고 이 괴상한 어금니 주인공의 생김새를 떠올린 그림은 얼마나 가관이었을까? 오늘날 상상想象이란 말의 어원이 바로 여기서 나왔다. 코끼리를 나타내는 상象자에 이미지의 의미가 곁들여진 것도 뼈를 앞에 놓고 없는 실체를 떠올려 보는 상상 행위와 관련이 있다.

연행길에 오른 조선 지식인들이 꿈에도 보고 싶었던 동물은 낙타와 코끼리다. 낙타는 북방 지역에서 당시에도 운송 수단으로 흔히 활용했다. 코끼리는 북경 선무문宣武門 안쪽 상방象房에 가야 볼 수가 있었다. 박지원은 「상기象記」에서 코끼리를 처음 본 순간 도저히 믿기지가 않아 동해 바다에서 본 신기루가 떠올랐다고 했다.

연암은 납득이 어려운 코끼리란 형상을 앞에 두고 특유의 장광설을 펼쳤다. 눈으로 직접 본 코끼리도 알 수가 없는데, 천하 사물은 이보다 몇 만 배 더 복잡하다. 성인이 『주역』을 지을 때 코끼리 상象자를 취해 괘의 모양을 설명한 것은 다 까닭이 있다. 비유의 숲인 괘상卦象은 말하자면 뼈만 남은 코끼리다. 보이는 것이 전부가 아니다. 현상에 현혹되지 말라. 이미지를 유추해서 본질에 도달하라. 바야흐로 지금은 상상력이 경쟁력인 시대다.

심사정, 「코끼리」, 27.0×18.3cm, 간송미술관 소장
이 코끼리 그림을 처음 본 조선 사람의 느낌은 어땠을까?

우작경탄

소가 되새김질 하고, 고래가 한입에 삼키듯이

|

牛嚼鯨吞

정독精讀과 다독多讀 중 어느 것이 독서의 바른 태도일까? 정독할 책은 정독하고, 다독할 책은 다독하면 된다. 정독해야 할 책을 대충 읽어 넘어가면 읽으나 마나다. 그저 쉽게 읽어도 괜찮을 소설책을 심각하게 밑줄 그으며 읽는 것도 곤란하다. 꼼꼼히 읽어야 할 책은 새겨서 되풀이해 읽고, 견문을 넓히기에 좋은 책은 스치듯 읽어 치워도 문제될 게 없다.

한편 다독도 다독 나름이다. 옛 사람들이 말하는 다독은 이 책 저 책 많이 읽는 다독이 아니라, 한 번 읽은 책을 읽고 또 읽는 다독이었다. 『논어』와 『맹자』 같은 기본 경전은 몇 백번 몇 천번씩 숫자를 헤어 가며 읽었다. 김득신金得臣 같은 사람은 「백이열전」을 1억 1만 2천 번이나 읽어, 당호를 아예 억만재億萬齋라고 지었을 정도다. 이쯤 되면 다독은 정독의 다른 말이 된다.

소는 여물을 대충 씹어 삼킨 뒤, 여러 차례 되새김질을 해서 완전히 소화시킨다. 우작牛嚼, 즉 소가 되새김질하듯 읽는 독서법은 한 번 읽어 전체 얼개를 파악한 후, 다시 하나하나 차근차근 음미하며 읽는 정독이다. 처음엔 잘 몰라도 반복해 읽는 과정에서 의미가 선명해진다. 인내심이 요구되나 보람은 크다.

고래는 바다 속에서 그 큰 입을 쩍 벌려서 물고기와 새우를 바닷물과 함께 삼켜 버린다. 입을 닫으면 바닷물은 이빨 사이로 빠져나가고 물고기와 새우는 체에 걸러져 뱃속으로 꿀꺽 들어간다. 소화를 시키고 말고 할 게 없다. 씹지도 않은 채 그대로 뱃속으로 직행한다. 그것도 부지런히 해야 그 큰 위장을 간신히 채운다. 경탄鯨呑, 즉 고래의 삼키기 독서법은 강렬한 탐구욕에 불타는 젊은이의 독서법이다. 그들은 고래가 닥치는 대로 먹이를 먹어치우듯 폭넓은 지식을 갈구한다. 자칫 욕심만 사나운 수박 겉핥기가 되는 것이 문제다. 우작과 경탄은 근세 중국의 진목秦牧이 제시한 독서법이다.

씹지 않고 삼키기만 계속 하면 결국 소화불량에 걸린다. 되새김질만 하고 있으면 편협해지기 쉽다. 소의 되새김질과 고래의 한입에 삼키기는 서로 보완의 관계다. 책 읽기만 그렇겠는가? 주식 투자도 다를 게 없다. 결단이 필요한 시점에 마냥 궁리만 하고 있으면 안 된다. 생각 없이 덮어놓고 저지르기만 하는 것은 더 위험하다. 정독과 다독, 궁리와 결단의 줄타기가 바로 인생이다.

이택상주

두 개의 연못이 맞닿아 서로 물을 댄다

—

麗澤相注

1812년 다산이 제자 초의를 시켜 그린 「다산도茶山圖」와 「백운동도白雲洞圖」가 전한다. 다산도를 보면 지금과 달리 아래 위로 연못 두 개가 있다. 월출산 아래 백운동 원림에도 연못이 두 개다. 담양 소쇄원 또한 냇물을 대통으로 이어 두 개의 인공 연못을 파 놓았다. 담양 명옥헌鳴玉軒과 대둔사 일지암 역시 어김없이 상하 방지方池가 있었다.

이렇게 보면 상하 두 개의 연못 파기를 호남 원림의 중요한 특징으로 보아도 무리가 없지 싶다. 못에는 연꽃과 물고기를 길러 마음을 닦고 눈을 즐겁게 했다. 뜻하지 않은 화재에 대한 대비의 구실은 부차적이다.

두 개의 잇닿은 연못은 『주역』에 그 연원이 있다. 태괘兌卦의 풀이는 이렇다. "두 개의 못이 잇닿은 것이 태兌다. 군자가 이것을 보고 붕우와 더불어 강습한다." 무슨 말인가? 두 연못이 이어져 있으면 서로 물을 대 주어 어느 한쪽만 마르는 일이 없다. 이와 같이 붕우는 늘 서로 절차탁마하여 상대에게 자극과 각성을 주어 함께 발전하고 성장한다. 이렇게 서로 이어진 두 개의 못이 이택麗澤이다. 이때 이麗는 '붙어 있다' 또는 '짝'이란 의미다. 고려시대 국학國學에 이택관麗澤館이 있었고, 조선시대에도 이택당麗澤堂이니 이택계麗澤契니 하는 명칭이 여럿 보인다.

성호학파의 학습법은 그때그때 떠오른 생각을 그 즉시 메모하는 질서법疾書法과 서로 절차탁마하는 이택법을 기반으로 한다. 이익의 제자 안정복은 자신의 거처에 이택재麗澤齋라는 현판을 내걸었다. 이택의 구체적 방법은 토론이었다. 토론에도 얼굴을 맞대고 직접 논쟁하는 대면 토론과, 편지로 의견을 주고받는 서면 토론이 있었다. 성호는 이 둘의 장단점을 상세히 논한 글을 남겼다. 그들은 다양한 방식으로 서로 양보 없는 토론을 벌였다. 옳은 말에는 아래 위 없이 깨끗이 승복했다. 이 건강한 토론 문화가 조선 유학과 실학의 뼈대와 힘줄이다.

지금 사람들은 귀를 막고 제 말만 한다. 남의 말은 들을 것 없고 제 주장만 옳다. 토론이 꼭 싸움으로 끝나는 이유다. 그러다 금세 말라 바닥을 드러낸다. 마당의 두 개 연못 곁 초당에서 사제간, 붕우간에 열띤 토론을 벌이던 그들의 그 봄날을 생각한다.

초의, 「다산도」, 19.5×27.0cm, 개인 소장
연못이 지금과 달리 아래 위 두 개다.

평지과협

끊어질 듯 이어지다 다시 불쑥 되솟다

|

平地過峽

송순宋純(1493-1583)이 담양 제월봉 아래 면앙정을 짓고 「면앙정가」
를 남겼다. 첫 부분은 언제 읽어도 흥취가 거나하다. 마치 천지창조의
광경을 시뮬레이션으로 보여 주는 것만 같다.

　　무등산 한 활기 뫼히 동쪽으로 뻗어 있어
　　멀리 떨쳐와 제월봉이 되었거늘,
　　무변대야無邊大野에 무슨 짐작 하느라
　　일곱 구비 한데 움쳐 무득무득 벌였는 듯.
　　가운데 구비는 굼긔 든 늙은 용이

선잠을 갓 깨어 머리를 앉혔으니,
너럭바위 위에 송죽을 헤치고
정자를 앉혔으니,
구름 탄 청학이 천 리를 가리라
두 나래 벌였는 듯.

면앙정이 차지하고 앉은 지세를 노래했다. 우뚝 솟은 무등산이 한 줄기를 쭉 내뻗어 한참을 가다가, 넓은 들판 앞에서 심심했던지 지맥을 불끈 일으켜 일곱 구비의 제월봉을 만들었다. 그 중에 가운데 구비는 구멍에 숨어 잠자던 용이 이제 그만 일어나 볼까 하고 고개를 슬며시 치켜들었는데, 그 머리에 해당하는 너럭바위를 타고 앉은 정자가 바로 면앙정이란 말씀이다. 그런데 그 형세가 마치 장차 천 리를 날려는 청학이 두 날개를 쭉 뻗은 형국이라고 했다. 장쾌하고 시원스럽다.

풍수가의 용어에 과협過峽이란 말이 있다. 과협은 높은 데로부터 차츰 낮아져 끊어질 듯하다가 다시 일어선 곳이다. 지관들은 말한다. 산세가 너무 가파르면 그 아래에 좋은 자리가 없다. 구불구불 끊어질 듯 이어지다 평평해진 곳이라야 좋다. 과협 중에서도 가장 으뜸은 평평하게 낮아졌다가 갑자기 되솟아오른 평지과협平地過峽이다. 면앙정의 지세가 꼭 이렇다.

불쑥 솟아 뚝 끊어진 곳은 근사해도 이어질 복이 없다. 기복 없이 곧장 쭉 뻗어내리면 시원스럽기는 하나 생룡生龍 아닌 죽은 뱀이다. 어찌 지세만 그렇겠는가? 사람의 인생도 마찬가지다. 죽을 때까지 안일과 즐거움 속에서만 살고, 환난과 수고를 멀리하는 삶은 쭉 뻗은 죽은 뱀이다. 한때 우뚝 솟아 만장의 기염을 토하다 제풀에 꺾여 나자빠지는 것은 불쑥 솟았다가 뚝 끊어진 혈이다.

　너무 험하기만 해도 안 되고, 내쳐 순탄해도 못 쓴다. 그래도 종내는 평평해진다. 사람이 윗자리로 올라가는 일도, 돈을 많이 버는 것도 어쩌면 이런 굴곡의 반복에서 힘을 얻어야 가능하다. 단박에 이룬 횡재는 절대로 오래 못 간다. 어쩌다 운이 좋아 성취한 허장성세는 잠깐만에 무너져 버린다.

한 글자로 하늘과 땅의 차이가 생긴다

一字之師

조선 중기의 시인 이민구李敏求(1589-1670)의 금강산 시 두 구절은 이렇다.

천길 벼랑 말 세우니 몸이 너무 피곤해
나무에 시 쓰려도 글자가 되질 않네.
千崖駐馬身全倦　老樹題詩字未成

김상헌金尙憲(1570-1652)이 이 시를 읽더니, 대뜸 '자미성字未成'을 '자반성字半成'으로 고쳤다. 처음 것은 아예 글자가 써지질 않는다고 한 것인데, 나중 것은 글자를 반쯤 쓰고 나니 너무 지쳐 채워 쓸 기력조차 없다고 말한 것이다. 한 글자를 고쳤을 뿐이나 작품의 정채가 확 살아났다.

고려 최고의 시인 정지상鄭知常은 묘청의 서경 천도 운동에 연루되어 김부식金富軾(1075-1151)에게 죽었다. 생전에 둘은 라이벌로 유명했다. 김부식이 어느 봄날 시를 지었다.

버들 빛은 천 개 실이 온통 푸르고
복사꽃은 만 점이나 붉게 피었네.
柳色千絲綠　桃花萬點紅

득의의 구절을 얻어 흐뭇해하는 순간, 허공에서 갑자기 정지상의 귀신이 나타나 김부식의 뺨을 후려 갈겼다.

천사千絲와 만점萬點이라니, 누가 세어 보았더냐? '버들 빛은 실실이 온통 푸르고, 복사꽃은 점점이 붉게 피었네〔柳色絲絲綠 桃花點點紅〕'라고 해야지.

과연 한 글자를 고치고 나니, 물 오른 봄날의 버들가지와 온 산을 붉게 물들인 복사꽃의 정취가 '천千'과 '만萬'으로 한정지었을 때보다 더 생생해졌다.

송나라 때 장괴애張乖崖가 늙마의 한가로움을 이렇게 읊었다.

홀로 태평하여 일 없음을 한하니
강남 땅서 한가로운 늙은 상서尙書로다.

獨恨太平無一事　江南閑殺老尙書

　소초재蕭楚材가 보고 못마땅한 기색을 짓더니, 앞 구의 '한恨'을 '행幸'으로 고쳤다. 그리고 말했다. "지금 나라가 통일되고, 그대의 공명과 지위가 높고 무겁거늘, 홀로 태평함을 한스러워 한다니 될 말입니까?" '행幸' 자로 고치면 '홀로 태평하여 일 없음을 기뻐하니'라는 뜻이 된다. 장괴애가 진땀을 흘리며 사과했다.

　이렇게 한 글자를 지적하여 시의 차원을 현격하게 높여 주는 것을 '일자사一字師'라고 한다. 청나라 때 원매袁枚가 말했다.

　시는 한 글자만 고쳐도 경계가 하늘과 땅 차이로 판이하다. 겪어 본 사람이 아니면 알 수가 없다.

　시만 그런 것이 아니다. 삶의 맥락도 넌지시 한 글자 짚어 주는 스승이 있어, 나가 놀던 정신이 화들짝 돌아왔으면 좋겠다.

광이불요

빛나되 번쩍거리지 않기를

—

光而不耀

광해군 때 권필權韠(1569-1612)이 시를 지었다.

　어찌해야 세간의 한없는 술 얻어서
　제일 높은 누각 위에 혼자 올라 볼거나.
　安得世間無限酒　獨登天下最古樓

성혼成渾(1535-1598)이 말했다. "무한주無限酒에 취해 최고루最高樓에
오른다 했으니, 남과 함께하지 않으려 함이 심하구나. 그 말이 위태롭
다." 뒤에 그는 시로 죄를 입어 비명에 죽었다.

정인홍鄭仁弘(1535-1623)이 어려서 산사에서 글을 읽고 있었다. 감사가 우연히 그 절에 묵었다가, 한밤중에 들려오는 글 읽는 소리에 끌려 소년이 책 읽던 방으로 찾아갔다. 기특해서 시를 지을 줄 아느냐고 묻고, 탑 곁에 선 어린 소나무를 제목으로 운자를 불렀다. 정인홍이 대답했다.

작고 외론 소나무가 탑 서쪽에 있는데
탑은 높고 솔은 낮아 나란하지 않구나.
오늘에 외소나무 작다고 하지 말라
훗날에 솔 자라면 탑이 외려 낮으리니.
短短孤松在塔西　塔高松下不相齊
莫言今日孤松短　松長他時塔反低

감사가 그 재주와 높은 뜻에 탄복하며 말했다. "훗날 반드시 귀히 되리라. 다만 뜻이 지나치니 경계할지어다." 나중에 그는 대단한 학문으로 벼슬이 영의정에 올랐지만, 인조반정 때 88세의 나이로 형을 받아 죽었다.

『도덕경』 21장의 말이다.

반듯해도 남을 해치지 않고
청렴하되 남에게 상처 입히지 않으며,
곧아도 교만치 아니하고
빛나되 번쩍거리지 않는다.

方而不割. 廉而不劌. 直而不肆, 光而不耀.

반듯하고 청렴한 것은 좋지만, 그로 인해 남을 해치거나 다른 사람에게 씻을 수 없는 상처를 주어서는 안 된다. 곧음은 자칫 교만을 부른다. 빛나는 존재가 되어야 하나, 너무 번쩍거리면 꼭 뒤탈이 따른다. 빛나기는 쉬워도 번쩍거리지 않기는 어렵다. 『순자荀子』도 이렇게 말했다.

군자는 너그럽되 느슨하지 않고
청렴하되 상처주지 않는다.
寬而不慢. 廉而不劌.

남구만南九萬(1629–1711)이 병조판서 홍처량洪處亮의 신도비명에서 그 인품을 이렇게 표현했다.

화합하되 한통속이 되지는 않았고
부드러우나 물러터지지도 않았다.
和而不流. 柔而不絿.

『삼국사기』에서 백제의 새 궁궐을 두고 다음과 같이 말한 것도 다한 뜻이다.

검소하되 누추하지 않고

화려하나 사치스럽지 않다.

儉而不陋, 華而不侈.

사람은 얼핏 보아 비슷한 이 두 가지 분간을 잘 세워야 한다. 지나친 것은 늘 상서롭지 못하다.

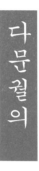

다문궐의

많이 듣되 의심나는 것은 솎아낸다

|

多聞闕疑

일이 있어 조선일보사 사옥을 들어서니 입구 벽면 가득 1920년 3월 7일자 창간기념호의 확대 사진이 붙어 있다. 정중앙에 운양雲養 김윤식金允植이 창간을 축하하며 써 준 글씨가 보인다. '많이 듣되 의심나는 것은 제외하고, 그 나머지도 살펴서 말한다〔多聞闕疑, 愼言其餘〕'란 여덟 자다. 쏟아져 들어오는 많은 소식 중에 믿을 만한 것만 가려서, 신중하고 책임 있는 말을 해 달라는 주문이다. 본래는 『논어』「위정爲政」편에 나오는 말이다.

자장子張이 물었다. "선생님! 벼슬을 구하는 것에 대해 가르쳐 주십시오." 공자께서 대답하셨다.

우선 많이 들어라. 그 중에 조금이라도 의심이 나거든 그것은 제외해야지. 나머지 믿을 만한 것도 조심조심 살펴서 말해야 한다. 그래야 허물이 적게 된다. 또 많이 보아야 한다. 그 중 미타미타한 것은 빼 버려야지. 그 나머지도 삼가서 행해야 한다. 후회할 일이 적어질 게다. 말에 허물이 적고, 행함에 뉘우침이 없으면 녹祿은 절로 따라오는 법이지.

多聞闕疑, 愼言其餘, 則寡尤. 多見闕殆, 愼行其餘, 則寡悔. 言寡尤, 行寡悔, 祿在其中矣.

제자는 벼슬 얻는 방법에 대해 물었다. 스승은 묻는 말에는 대답도 않고 뜬금없이 말과 행동을 조심하라고 일러 준다. 자장이 겉으로 보이는 것에만 힘을 쏟고 내실을 다지는 신실함이 부족했기 때문이다. 이런 사람이 벼슬에 나가면, 언행을 삼가지 않아 금세 뉘우치고 후회할 일을 만든다. 벼슬에 나가는 것보다 잘 지켜 간직하는 것이 더 중요하다.

문견聞見을 넓히려고 책을 읽고 여행을 다닌다. '만 권의 책을 읽고, 만 리의 길을 간다[讀萬卷書, 行萬里路]'는 말이 그래서 나왔다. 요즘은 굳이 책을 읽을 일도, 여행을 갈 맛도 없다. 가만 앉아서도 모를 것이 없는 까닭이다. 정보는 넘치다 못해 차고 넘칠 지경이다. 문제는 정보의 신뢰도다. 이것이 믿을 만한 정보인지, 거짓 정보인지는 어느 누구도 판정해 주지 않는다. 정보 자체가 아니라 정보의 신뢰성을 판단하는 능력이 경쟁력인 시대에 우리는 살고 있다. 우리가 공부를 하는 까닭은 무엇이 의심스러운지, 어떤 것이 위험한지 구분해 내는 안목을 기르기 위해서다. 체를 쳐서 걸러 낸 알짜배기라야 한다. 거름망이 없으면 안전망도 없다. 정보 장악력을 키워 녹을 구하려면 얄팍한 잔재주를 버리고 더 넓고 깊게 공부하는 수밖에 없다. 많이 들어라. 의심나는 것은 과감히 솎아내라.

진창의 탄식

3
—
一針

몸에 때가 있는데 씻지 않는다

體垢忘浴

권소운權巢雲이 이학규李學逵(1770-1835)를 찾아와 자신의 거처 관묘당觀妙堂을 위한 기문을 청했다. 그는 40년간 과거에 응시하다가 만년에 포기했다. 머리맡에 당송 고시 한두 권을 놓아두고 자다 일어나 펼쳐지는 대로 몇 수씩 읽곤 했다. 취하면 두보의 「취가행醉歌行」을 소리높여 불렀다.

집 이름의 연유를 묻자, 그가 대답한다. "사물의 이치는 깨달으면 묘하고, 묘하면 즐겁지요. 천기天機는 날마다 새롭고, 영경靈境이 나날이 펼쳐집니다. 묘함을 깨달을수록 보는 것이 점점 묘해집니다. 그래서 관묘당이라오."

대답을 들은 이학규가 벌떡 일어나 그에게 절을 한다. "선생은 깨달으셨구려. 예전 선생이 갓 과거를 포기했을 때, 다른 사람의 급제 소식을 들으면 낯빛이 흔들리고 마음으로 선망함을 면치 못했었소. 이제 바깥과의 교유를 끊고 참되고 질박함으로 돌아와 남은 해를 자연에 의탁하니, 이것은 선생께서 지금 세상에 대해 이미 깨달은 사람이기 때문이오. 선생은 초저녁에 자고 느지막이 일어나, 머리털이 엉망이어도 빗질하지 않고[髮亂而忘櫛], 몸에 때가 있어도 목욕하지 않으면서[體垢而忘浴], 편안히 소요하며 자족하시는구려. 둥지의 참새가 새끼를 치고, 나방이 변화하는 것 모두가 선생의 관묘觀妙를 열어 주기에 넉넉하오. 자식과 며느리가 나물국에 술을 내오니, 이 또한 선생의 관묘를 보좌하기에 충분하구려. 쩝쩝! 부럽소."

해구상욕骸垢想浴은 『천자문』의 한 구절이다. 몸에 때가 끼면 목욕할 것을 생각한다는 말이다. 몸이 더러워지면 목욕 생각이 간절하다. 그런데 권소운은 더러워도 씻지 않고, 봉두난발蓬頭亂髮이어도 머리 빗을 생각을 않는다. 가난한 살림에 술 한 잔 걸친 후 사물을 깊이 응시한다. 그러자 지난 40년간 벼슬길을 향한 전전긍긍을 놓지 못했을 때는 알지 못했던 깨달음이 사물들 안에서 일어나 날마다 영경靈境이 눈앞에 환하게 펼쳐지더라는 것이다.

세상이 온통 진흙탕이다. 더러워진 몸을 깨끗이 하자고 씻는 물이 또 구정물이다. 씻어 본들 뭣하나. 금세 더 더러워진다. 머리를 빗은들 무슨 소용인가. 이가 그대로 버글댄다. 그 꼴을 보고 똥 묻은 개가 겨 묻은 개를 준엄하게 나무란다. 같은 국에 만 밥이다. 바랄 걸 바라야지. 백년하청百年河淸!

즐풍목우

바람으로 머리 빗고 빗물로 목욕하다

|

櫛風沐雨

우 임금이 치수할 때, 강물과 하천을 소통시키느라 손수 삼태기를 들고 삽을 잡았다. 일신의 안위를 잊고 천하를 위해 온몸을 바쳐 노고했다. 그 결과 장딴지에 살점이 안 보이고, 정강이에 털이 다 빠졌다. 바람으로 머리 빗고, 빗물로 목욕했다[櫛風沐雨]. 그러니까 즐풍목우는 따로 머리 빗을 시간이 없어서 바람결에 머리를 빗고, 목욕할 짬이 안 나 비가 오면 그것으로 목욕을 대신했다는 얘기다. 묵자墨子는 "우 임금은 위대한 성인인데도 천하 사람들을 위해 이처럼 자신의 육신을 수고롭게 했다"며 감동했다.

후세에 묵자를 추종하는 무리들은 이 말을 깊이 새겼다. 우리도 남을 위해 우리의 육신을 아끼지 말자. 그들은 짐승 가죽이나 베로 옷을 해 입고, 나막신과 짚신만 신었다. 밤낮 쉬지 않고 일하면서 극한의 고통 속으로 자신들을 내몰았다. 그리고는 이렇게 말했다. "이렇게 할 수 없다면 우 임금의 도리가 아니다. 묵가墨家라고 일컬을 자격도 없다."

위정자가 백성을 위하는 마음이야 즐풍목우의 각오라야 마땅하다. 하지만 그렇지 않은 개인이 남을 위한다는 명분으로 자신을 들들 볶다 못해 남까지 그렇게 해야 한다고 강요하며 괴롭히는 것은 문제다. 장자는 「천하」편에서 단언했다. "이것은 천하를 어지럽히는 윗길이고, 다스리는 데는 가장 아랫길이다."

묵자는 사치와 낭비를 줄이고, 규범으로 문제를 바로잡아야 한다고 했다. 서로 나누며 싸우지 말 것을 주장했다. 그는 겉치레에 흐른 예악도 불필요하다고 보았다. 검소와 절용節用을 강조하고 또 강조했다. 이런 묵자의 가르침은 사치가 만연한 그 시대에 약이 되는 처방이었다. 하지만 그의 말을 따르려면 사람들은 기뻐도 노래를 부르지 못하고, 슬퍼도 울 수가 없었다. 즐거워도 즐거운 내색을 하지 못했다. 사람이 죽으면 의식 없이 그냥 매장해 버려야 했다. 처음 시작은 사람을 위한 것이었는데, 그것이 오히려 사람을 근심스럽게 하고, 슬프게 만들었다. 장자는 이야말로 성인의 도에서 멀어진 것이라고 비판했다.

처음 순수했던 뜻이 맹목적 추종과 교조적 해석을 거쳐 왜곡되고 극단화된다. 지금 세상에도 이런 일은 얼마나 많은가?

대기만성

큰 그릇은 늦게서야 이뤄진다는 말의 슬픔

|

大器晩成

유만주兪晩柱(1755-1788)의 글을 읽는데 이런 내용이 나온다.

대기만성大器晩成이란 말 한 마디가
얼마나 많은 못난 선비들을 함정에 빠뜨려 죽였던고.
大器晩成一語, 陷殺多少庸儒.

이 말에 무릎을 치다 말고 씁쓸히 웃었다. 가진 재능이 없고 남다른 노력도 않으면서 평생 입신출세의 허망한 꿈에 매달리는 인생들을 조소한 말이다. 하면 된다는 말이 사람 잡는 것은 예나 지금이나 한 가지다. 해도 안 될 일에 헛된 희망을 심어 주는 일은 어찌 보면 무책임하다. 그렇다고 너는 가망이 없으니 처음부터 포기하라고 할 수는 없지 않은가?

　소년이 묻는다. "선생님 글을 쓸 때 자신의 견해를 어떻게 세워야 하나요?" 선생은 안경 너머로 소년을 올려다보며 말한다. "음, 어려운 문제다. 내가 얘길 하나 들려줄까? 어떤 집에서 아들을 얻어 몹시 기뻤지. 한 달이 지나 덕담을 들으려고 손님을 청했단다. 한 사람이 말했어. '이 녀석 크면 큰 부자가 되겠는데요.' 부모는 기뻤지. 다른 사람이 말했다. '관상을 보니 높은 벼슬을 하게 생겼어요.' 더 흐뭇했지. 어떤 사람이 말했다. '이 아이는 나중에 틀림없이 죽겠군요.' 그는 술 한 잔 못 얻어먹고 죽도록 매를 맞고 쫓겨났단다. 누구나 죽게 마련이니 그가 거짓말을 한 건 아니지. 하지만 아무나 부자가 되고 벼슬을 하는 것은 아니니 그건 거짓말일 수도 있다. 거짓말한 사람은 보답을 받고, 사실대로 말한 사람은 죽도록 얻어맞은 셈이지." 소년이 대답했다. "선생님! 저는 거짓말도 하기 싫고 맞기도 싫어요. 그러면 어떻게 말해야 하지요?" "이렇게 대답하면 된다. 와! 이 녀석은 정말! 허참! 이걸 좀 보세요! 어쩌면, 이야! 아이쿠! 햐! 허허!" 루쉰魯迅의 수필에 나오는 얘기다.

　험한 세상에서 자기의 견해를 세우는 일은 거짓말하기 아니면 두드려 맞기다. 없는 말 하면 칭찬받고, 좋은 사람 소리를 듣는다. 입 바른 말을 하면 노여움을 사서 내팽개쳐진다. 요즘 같은 인터넷 세상에서는 더구나 걷잡을 수가 없다. 아첨을 잘 하면 누가 뭐래도 승승장구한다. 올곧은 말은 내침을 받는다. 입이 근질근질해도 끝까지 다 말하면 안 된다. 제 패를 함부로 내보이면 안 된다. 성공의 그날까지 꾹 누르고 억지로 참는다. 끝내 오지 않을 빛 볼 날을 기다리는 대기만성은 그래서 슬프다.

눈에 뵈는 게 없는 세상

敎子以義

　호조판서 김좌명金佐明이 하인 최술崔戌을 서리로 임명해 중요한 자리를 맡겼다. 얼마 후 과부인 어머니가 찾아와 그 직책을 떨궈 다른 자리로 옮겨 달라고 청했다. 이유를 묻자 어머니가 대답했다. "가난해 끼니를 잇지 못하다가 대감의 은덕으로 밥 먹고 살게 되었습니다. 이번에 중요한 직책을 맡자 부자가 사위로 데려갔습니다. 그런데 아들이 처가에서 뱅어국을 먹으며 맛이 없어 못 먹겠다고 합니다. 열흘 만에 사치한 마음이 이 같으니, 재물을 관리하는 직무에 오래 있으면 큰 죄를 범하고 말 것입니다. 외아들이 벌 받는 것을 그저 볼 수 없습니다. 다른 일을 시키시면서 쌀 몇 말만 내려 주어 굶지 않게만 해 주십시오." 김좌명이 기특하게 여겨 그대로 해 주었다. 『일사유사逸士遺事』에 나온다.

정승 남재南在의 손자 남지南智가 음덕으로 감찰이 되었다. 퇴근하면 할아버지가 그날 있었던 일을 자세히 물었다. "오늘 이런 일이 있었습니다. 하급 관리가 창고에서 비단을 슬쩍 품고 나오길래 다시 들어가게 했습니다. 세 번을 그랬더니 그제야 눈치를 채고 비단을 두고 나왔습니다." 할아버지가 말했다. "너같이 어린 것이 관리가 되었기에 매번 물어 득실을 알려 했던 것인데, 이제 묻지 않아도 되겠다." 『국조인물지國朝人物志』에 있다.

자식이 윗사람에게 잘 보여 월급 많이 받는 좋은 직장에 취직했다. 동네방네 자랑하고 다녀도 시원찮은데, 자식의 마음이 그새 교만해진 것을 보고 어미가 나서서 그 자리를 물려 주기를 청했다. 어린 손자가 못 미더워 날마다 점검하던 할아버지는 손자의 심지가 깊은 것을 보고서야 마음을 놓았다. 어미는 자식이 죄 짓게 될까 걱정했고, 할아버지는 손자가 집안과 나라에 누를 끼칠 것을 염려했다.

자식을 올바른 길로 가르치기〔敎子以義〕가 쉽지 않다. 잘못을 저질러 혼이라도 나면, 부모가 학교로 찾아가 선생을 폭행하고 난동을 부린다. 떼돈 번 부모는 수억 짜리 스포츠카를 사 주고, 자식은 그 차를 몰고 나가 남의 목숨을 담보로 도심에서 광란의 질주를 벌인다. 발 좀 치우라고 했다고 지하철에서 20대가 80대 노인에게 쌍욕을 해 댄다. 눈에 뵈는 게 없다. 무슨 이런 세상이 있는가. 이렇게 막 자라 제 몸을 망치고, 제 집안을 말아먹고, 나라에 독을 끼친다. 밖에서 하는 행동거지를 보면 그 부모가 훤히 다 보인다.

취문성뢰

풍문에 현혹되어 판단을 그르치다

|

聚蚊成雷

형제는 이름난 벼슬아치였다. 퇴근 후 집에 돌아와 남의 벼슬길을 막는 문제를 두고 논의했다. 곁에서 말없이 듣던 어머니가 연유를 물었다. "그 선대에 과부가 있었는데 바깥 말이 많았습니다." "규방의 일을 어찌 알았느냐?" "풍문이 그렇습니다." 어머니가 정색을 했다. "바람은 소리만 있지 형체가 없다. 눈으로 보려 해도 보이지 않고, 손으로 잡으려 해도 잡히지 않는다. 허공에서 일어나 능히 만물을 떠서 움직이게 한다. 어찌 형상 없는 일로 떠서 움직이는 가운데서 남을 논하느냐? 하물며 너희도 과부의 자식이 아니냐? 과부의 자식이 과부를 논한단 말이냐?" 형제는 그만 무참해져서 의논을 거두고 말았다. 박지원의 「열녀함양박씨전烈女咸陽朴氏傳」에 나온다.

뜬 말, 근거 없는 비방이 사람 잡는 세상이다. 바람처럼 왔다가 바람처럼 사라지니 찾아도 자취가 없고, 살펴도 형체가 없다. 턱도 없는 얘기가 한 번 두 번 듣다 보면 정말 그런가 싶다. 세 번 들으면 아니 땐 굴뚝에 연기 나랴, 틀림없는 사실로 굳어진다.

> 뭇 사람의 입김에 산이 떠내려가고,
> 모기 소리가 모여 우레가 된다.
> 패거리를 지으니 범마저 때려잡고,
> 열 사내가 작당하자 쇠공이가 휜다.
> 衆喣漂山, 聚蚊成雷.
> 朋黨執虎, 十夫橈椎.

『한서漢書』「중산정왕전中山靖王傳」의 한 대목이다. 중산정왕이 자신을 참소하는 말에 대해 천자 앞에 해명하며 한 얘기다. 어지간히 답답했던 모양이다.

삼인성호三人成虎! 세 사람의 입이 있지도 않은 범을 만들어 낸다. 적우침주積羽沈舟! 가벼운 새털도 쌓으면 그 무게에 배가 그만 가라앉는다. 오죽 했으면 임제林悌가 사직하는 상소를 올리며, 모기 떼 소리가 우레 같고, 쌓인 비방이 뼈를 다 녹인다〔積毁銷骨〕고 말했겠는가?

공자께서 말씀하셨다.

조금씩 젖어 드는 헐뜯음과 살에 와닿는 참소가 받아들여지지 않아야 현명하다 할 만하다.

浸潤之譖, 膚受之愬, 不行焉, 可謂明也已矣.

건강한 사회에는 뜬 비방이 발을 못 붙인다. 나쁜 놈들이 남을 삿된 길로 내몰면서 저만 바르다고 떠든다. 건곤일척乾坤一擲의 승패에 목숨을 건 판이라 후세의 시비나 세상의 평가쯤은 안중에 없다. 당장에 이기면 된다는 수작이다. 말도 많고 탈도 많다. 그런데 그 전술이 번번이 들어가 맞으니, 여기에 무슨 현명함과 원대함이 있겠는가?

필패지가

틀림없이 망하게 되어 있는 집안

必敗之家

김근행金謹行은 오랜 세월 권력자를 곁에서 섬긴 관록 있는 역관이었다. 그가 늙어 병들어 눕자, 젊은 역관 하나가 죽을 때까지 받들어 지켜야 할 가르침을 청했다. 그가 말했다. "역관이란 재상이나 공경公卿을 곁에서 모실 수밖에 없네. 하지만 틀림없이 망하고 말 집안 근처에는 얼씬도 말아야 하네. 잘못되면 연루되어 큰 재앙을 입고 말지."

"필패지가必敗之家를 어찌 알아봅니까?" "내가 오래 살며 수많은 권력자들의 흥망을 이 두 눈으로 지켜보았지. 몇 가지 예를 들겠네. 첫째, 요직을 차지하고 앉아 말 만들기를 좋아하고, 손님을 청해 집 앞에 수레와 말이 법석대는 자는 반드시 망하게 되어 있네. 둘째, 무뢰배 건

달이나 이득 챙기려는 무리를 모아다가 일의 향방을 따지고 이문이나 취하려는 자 치고 오래가는 것을 못 보았지. 셋째, 높은 지위에 있으면서 점쟁이나 잡술가雜術家를 청해 다가 공사 간에 길흉 묻기를 좋아하는 자도 틀림없이 망하고 마네. 넷째, 공연히 백성을 사랑하고 아랫사람을 예우한다는 명예를 얻고 싶어 거짓으로 말과 행실을 꾸며 유자儒者인 체 하는 자도 안 되지. 다섯째, 이것저것 서로 엮어 아침의 말과 낮의 행동이 다른 자는 근처에도 가지 말게. 여섯째, 으슥한 길에서 서로 작당하여 사대부와 사귀기를 좋아하는 자도 안 되지. 일곱째, 언제나 윗자리에 앉아야만 직성이 풀리는 자도 꼭 망하게 되어 있네. 윗사람을 모셔도 가려서 해야 하네. 그가 한번 실족하면 큰 재앙이 뒤따르지. 특히 잊지 말게나. 다른 사람이 자네를 누구의 사람이라고 손꼽아 말하는 일이 있어서는 결코 안 되네." 『송천필담松泉筆談』에 나온다.

성대중成大中(1732-1812)이 말했다.

> 기미機微로 이치를 밝히고,
> 현명함으로 의심을 꺾는다.
> 깊이로 변화에 대처하고,
> 굳셈으로 무리를 제압한다.
> 이 네 가지를 갖춘다면
> 바야흐로 적과 대적할 수가 있다.

> 幾以燭理, 明以折疑.
> 深以處變, 毅以制衆.
> 四者備, 方可以應敵.

리더라면 이쯤은 되어야 한다. 뻔한 것을 못 보고, 툭하면 의심하며, 경솔하게 바꾸고, 무리에게 휘둘리면 세상에 할 수 있는 일이 아무것도 없다. 바야흐로 정가에도 짝짓기 철이 다가온 모양이다. 줄을 잘 서는 것이 관건이겠는데, 명심하게나! 사람들이 자네가 누구의 사람이라고 말하게 해서는 절대로 안 되네.

거전보과

책임질 일은 말고 문제는 더 키워라

鋸箭補鍋

어떤 사람이 화살을 맞았다. 화살이 꽂힌 채 외과의사에게 갔다. 의사는 톱을 가져와 드러난 화살대를 자른다. "자, 됐소!" "살촉은요?" "음. 거기서부터는 내과 소관이오." 이른바 '거전鋸箭', 즉 화살 톱질하기다. 절대 책임질 일을 만들지 않는 것이 핵심이다. 가마솥에 작은 구멍이 났다. 땜쟁이는 녹을 벗긴다며 망치로 살살 두드려 작은 구멍을 더 크게 만든다. "이것 봐요! 하마터면 새 솥을 사야 할 뻔했어요." 구멍을 잔뜩 키워 놓고서야 땜질을 해 준다. 주인은 연신 고맙다며 비싼 값을 치른다. '보과補鍋', 즉 솥 땜질의 요령이다. 문제를 키워라. 그리고 나서 해결해 주어야 고맙단 말을 듣고 돈도 많이 받는다. 리쭝

우李宗吾가 『후흑학厚黑學』에서 제시한 '판사이묘辦事二妙', 즉 일을 처리하는 두 가지 묘법이다. 시늉만 하고 책임질 일은 절대 하지 않는다. 문제는 키워서 해결해 준다. 이렇게만 하면 아무것도 안 하고도 유능하단 말을 듣고, 시늉만 해도 역량 있다는 평가를 받는다.

갈비뼈 아래가 여러 날 찌르듯 아파 병원에 갔다. 일반 외과로 가라길래 가서 초음파를 찍었다. 담낭에 담석이 있고, 부숴 봐야 100% 재발하니 담낭을 떼 내라고 판정한다. 제 몸 아니라고 너무 쉽게 말한다 싶어, 내과 진료를 신청했다. 담낭을 떼 내라더란 말을 했더니 의사가 펄쩍 뛴다. 담석도 없고 깨끗하다. 주변에 희끗한 것은 담석이 아니라 지방간인데 심한 것도 아니다. 담낭을 왜 떼나. 그걸 떼면 제거 후 증후군도 있고 소화에 큰 문제가 생긴다. 더구나 지금 통증의 원인이 담낭 때문인지도 분명치 않다. 조금 더 지켜보자. 며칠 뒤 등에 부스럼이 돋았다. 결국 피부과에서 대상포진의 진단을 받았다. 외과는 왜 갔어요? 언제부터 그랬어요? 왜 이제 왔어요? 죄인 심문하듯 하는 의사의 짜증 섞인 말투에 속이 상한다. 가라니까 갔고, 비싼 돈 들여 검사해서 멀쩡한 담낭을 뗄 뻔한 것도 고약한데, 누군 늦게 오고 싶어서 왔느냔 말이다.

과로가 신경계의 난조를 빚어 통증과 발진을 불렀다. 외과의사는 담낭 쪽이 아프니 일단 제거하자고 했다. 담낭이 없어도 괜찮은가? 그건 내 소관이 아니다. 거전의 수법이다. 소화에 문제가 생기면 그때 가서 내과 의사가 고치면 된다. 보과의 방법이다. 병원은 이래저래 이익을 남겨 좋고, 환자는 병이 나아서 고맙다. 그러나 그런가?

비방은 한 사람의 입을 통해 나온다

謗由一脣

말하기 좋다 하고 남의 말 말을 것이.
남의 말 내 하면 남도 내 말 하는 것이.
말로써 말이 많으니 말 말을까 하노라.

말이 말을 만든다. 옛 시인이 이렇게 노래한 것은 다 이유가 있다. 말 만들기 좋아하는 사람은 어디나 있게 마련이다.

아암兒菴 혜장惠藏은 대단한 학승이었다. 사람이 거만하고 뻣뻣해 좀 체 남에게 고개 숙일 줄 몰랐다. 다산은 그를 위해 5언 140구 700자에 달하는 긴 시를 써 주었다. 몇 구절씩 건너뛰며 읽어 본다.

이름 얻기 진실로 쉽지 않지만
이름 속에 처하기란 더욱 어렵네.
명예가 한 등급 더 올라가면
비방은 십 층이나 높아진다네.
(중략)
정색하면 건방지다 의심을 하고
우스개 얘기하면 얕본다 하지.
눈이 나빠 옛 벗을 못 알아봐도
모두들 교만하여 뻗댄다 하네.

成名固未易　處名尤難能
名臺進一級　謗屋高十層
色莊必疑亢　語詼期云陵
眼鈍不記舊　皆謂志驕矜

덕을 기르고 스스로를 낮춰 내실을 기할 뿐 교만한 태도로 공연한
비방을 부르지 말 것을 혜장에게 당부했다.
　다산은 또 「고시古詩」에서 이렇게 노래했다.

들리는 명성이야 태산 같은데
가서 보면 진짜 아닌 경우가 많네.
소문은 도올檮杌(사람을 해치는 흉악한 짐승)처럼 흉악했지만
가만 보면 도리어 친할 만하지.
칭찬은 만 사람 입 필요로 해도

헐뜯음은 한 입에서 말미암는 법.
聞名若泰山　逼視多非眞
聞名若檮杌　徐察還可親
讚誦待萬口　毀謗由一脣

　세상에는 혹세무민惑世誣民하는 가짜들이 워낙 많아 자칫 속기가 쉽
다. 선입견으로 겉만 보고 남을 속단해도 안 된다. 칭찬은 만 사람의
입이 모여 이뤄지지만, 비방과 헐뜯음은 한 사람의 입만으로도 순식간
에 번져나간다〔謗由一脣〕. 걷잡을 수가 없다.
　비방을 하는 쪽이나 당하는 쪽이나 말을 줄이는 것이 좋다. 그런데
사람의 감정이 어디 그런가? 말꼬리를 잡고 가지를 쳐서 끝까지 간
다. 다 피를 흘려야 끝이 난다. 잘못은 누구나 할 수가 있다. 하지만
그 다음 처리 과정에서 그 그릇이 드러난다. 가장 못난 소인은 제 잘못
을 알고도 과감히 인정하여 정면돌파하지 않고, 마치 아무 일도 없던
것처럼 미봉彌縫으로 넘어가려는 자다. 두 손으로야 어이 하늘을 가리
겠는가?

금인삼함

쇠 사람이 세 번 입을 봉하다

—

金人三緘

공자가 주나라로 가서 태조太祖 후직后稷의 사당에 들렀다. 섬돌 앞에 금인金人이 서 있었다. 그런데 그 입을 세 겹으로 봉해 놓았다. 이상해서 살펴보니 그 등에 "옛날에 말을 삼간 사람"이라고 새겨져 있었다. 한 번도 아니고 두 번도 아니고 세 번은 봉해야 말조심이 된다는 뜻이었을까? 유향劉向의 『설원說苑』에 나온다.

을사사화가 일어났던 명종 때 일이다. 입만 뻥끗하면 서로 죄를 옭아매어 가볍게는 귀양을 가고 무겁게는 목숨을 잃었다. 면한 이가 거의 드물었다. 한 늙은 재상이 탄식하며 말했다. "늘그막에 무료해도 할 만한 말이 없다. 이후로는 남녀간의 음담패설이나 주고받아 파적하는 것이 좋겠다." 이때부터 사람들이 모이기만 하면 그저 음담패설로 시시덕거리는 폐단이 비롯되었다. 『효빈잡기效顰雜記』에 보인다. 이것은 입을 차마 봉하지 못한 사람들 얘기다.

윤기尹愭(1741-1826)는 말 많은 세상을 혐오해서 위 공자의 고사를 끌어와 「삼함명三緘銘」 네 수를 지었다. 처음 두 수는 이렇다.

부득불 말하려면 생각하고 절제하라.
그 밖에 온갖 일은 입 다물고 혀를 묶자.
부럽구나 저 벙어리, 말하려도 안 나오니.
야단치고 끊어 버려 남은 날을 보존하리.

不得不言　且思且節
其他萬事　緘口結舌
羨彼瘖者　語無由出
難之截之　以保餘日

큰 말을 안 뱉으면 큰 무너짐 면케 되고,
작은 말도 내게 되면 작은 실패 있게 되네.
말은 하면 안 되는 법, 작든 크든 상관없네.
작은 데서부터 지켜 큰 허물이 없게 하리.

大言不出　可免大壞
小言而出　則有小敗
言不可出　無小無大
守之自小　毋至大過

그는 입을 세 번 봉하는 것만으로는 부족하다고 생각했던지, 아예 벙어리가 될 것을 맹서하는 「서음 誓瘖」이란 글까지 지었다. 그 중의 한 대목. "혹 손님이 와서 안부 인사를 나누고 나서 그저 입을 꼭 다물고 있으면 나를 거만하다 할 것이므로, 아무 상관도 없는 한가롭고 희떠운 말이나 취해다가 얘깃거리로 삼으리라." 말세의 전전긍긍이 자못 민망하다.

말이 말을 낳고, 그 말이 몇 번 오가다 보면 눈덩이처럼 불어나 걷잡을 수가 없다. 누구 말이 옳은지, 어느 장단에 춤을 출지 모를 지경이 된다. 차라리 입을 닫고 벙어리로 지낼밖에.

예실구야

사라진 예법을 시골에서 찾는다

|

禮失求野

역관 이홍재李弘載가 연암 박지원을 찾아왔다. "제 글입니다. 살펴보아 주십시오." 1백 여 편의 문장이 각체별로 구색을 갖추고 있었다. "본업은 어데 두고 문장에 힘을 쏟는가?" "사대교린事大交隣에서 글쓰기 능력이 가장 중요합니다. 전고典故도 익숙히 알아야합지요." 「자소집서自笑集序」에 나온다.

연암은 대답 대신 한복 제도 이야기를 꺼낸다. 고려 때 한복은 띠가 있고 소매가 넓으며 치마가 길었다. 고려 말 원나라 지배 때 왕실에서 몽골의 복식이 굳어지면서 한복의 모양도 오랑캐풍으로 바뀌었다. 저고리는 겨우 어깨를 덮고, 소매는 동여맨 듯 좁아 경망스럽다. 차라리

지방 기생들의 복장에 고아한 옛 제도가 남아 있다. 비녀 꽂고 쪽을 찌고, 원삼圓杉에 선을 둘렀다. 소매는 넓고 띠를 길게 드리워 멋스럽다. 이제 어떤 사람이 옛 제도에 따라 한복을 고쳐서 제 아낙에게 입히려 들면, 오랜 습속에 젖은 아낙네들은 누굴 기생년으로 만들 작정이냐며 옷을 찢으며 제 남정네를 욕할 것이다.

"예법을 잃게 되면 재야에서 구한다[禮失而求諸野]"는 구절은 『한서漢書』「예문지藝文志」에 나오는 공자의 말이다. 시골에는 좋은 것이 한번 들어가면 굳게 지켜 잘 바꾸지 않는다. 서울서 사라진 예법은 시골에 가야 찾을 수가 있다는 뜻이다. 옛 한복의 고아한 제도가 고을 기생의 옷차림 속에 남아 있는 것과 같다.

무슨 말인가? 정작 문장에 힘 쏟아야 할 사대부는 아무 쓸모없는 공령문功令文(과거 시험에 쓰는 문장)을 익혀 과거 시험에 합격할 궁리뿐이다. 그들이 우습게 아는 역관은 오히려 시키지 않아도 열심히 문장 공부를 한다. 이러다 보면 결국에는 참된 학문을 역관의 하찮은 기예로 여기게 되지 않겠는가? 바른 공부는 이제 역관이나 하는 보기 드문 물건이 되고 말았다.

공교육이 땅에 떨어진지 오래다. 인격으로 대우하자고 체벌을 금지하니, 선생님이 잘못을 나무라면 쌍욕을 하고 주먹질을 하며 어쩔 건데 한다. 입시에 목숨을 거는 득점 기계가 된 학생들에게 인성 교육은 먼 시골에서나 찾아볼 희귀한 물건이 되었다. 친구를 때리고 돈을 뺏고, 심지어 죽게 만들고도 아무 가책이 없다. 무엇을 좀 가르치려 들면 시험에 안 나오는데 왜 배우느냐고 따진다. 스승의 권위는 학교에는 더 이상 없다. 돈 내고 배우는 학원 선생에게 있다.

지상담병

이론만 능하고 실전에 약한 병통

|

紙上談兵

조趙나라의 명장 조사趙奢는 아들 조괄趙括을 좀체 칭찬하는 법이 없었다. 모두들 병법은 조괄을 당할 사람이 없다고들 하는 터였다. 답답해진 그의 아내가 연유를 물었다. 조사가 말했다. "군대는 죽는 곳인데 저 아이는 너무 쉽게 말을 하오. 조나라가 저 아이를 장수로 삼는다면 조나라 군대를 무너뜨릴 자는 반드시 저 아이일 것이오." 훗날 조나라 왕이 진秦나라와의 전투에서 싸울 생각을 않고 성을 지키고만 있던 노장 염파廉頗를 빼고 젊은 조괄을 투입하려 했다. 그러자 그 어미가 안 된다며 막고 나섰다.

왕이 이유를 묻자, 대답이 이랬다. 그 아비는 상을 받으면 아랫사람들에게 모두 나눠 주었고, 명을 받으면 집안일을 묻지 않고 떠났는데, 아들은 왕에게 하사금을 받으면 집에 간직해 두고 좋은 밭과 집 살 궁리만 하니, 부자의 마음가짐이 같지 않다고 했다. 그래도 왕이 번복하지 않자, 그렇다면 아들이 실패하더라도 자신을 연좌시키지 말라고 했다. 어미의 말인데 참 모질고 매섭다. 경솔했던 조괄은 우쭐해서 그날로 진나라 총공격에 나섰다가, 계략에 말려 조나라 40만 대군을 하루아침에 모두 잃었다.

조선시대 어떤 무사가 병서 강독 시험에 응시했다. 시험관이 물었다. "만약 북을 쳤는데도 사졸들이 진격하지 않고, 징을 쳤는데도 퇴각하지 않는다면 어찌 하겠는가?" 무사가 물러나와 시험관의 어리석은 질문을 두고 깔깔대며 비웃었다. 그 말을 들은 이가 말했다. "바보 같은 질문이긴 하나, 종이 위에서 군대를 논하는 자가 할 수 있는 질문이 아닐세. 분명히 그 사람은 직접 군대 일을 겪어 본 사람인 듯하이." 알아보니 그 시험관은 예전에 군대를 이끌고 나갔다가 공을 이루지 못해 파직되었던 경험이 있는 사람이었다. 쓰린 실패의 경험이 그로 하여금 거두절미하고 실제적인 질문을 던지게 했던 것이다. 홍길주洪吉周의 『수여난필속睡餘瀾筆續』에 나온다.

이른바 지상담병紙上談兵, 즉 종이 위에서 병법을 논한다는 말은 이론만 능하고 실전에 약한 병통을 꼬집어 하는 말이다. 탁상공론卓上空論과 같다. 사람들은 노장 염파의 경륜보다 조괄의 화끈함을 좋아한다. 문제는 늘 이 지점에서 생긴다. 내는 문제마다 거침없이 척척 대답했던 아들 조괄을 아버지 조사가 끝내 인정하지 않았던 까닭이다.

명철보신

시비를 분별하여 붙들어서 지킨다

明哲保身

『논어』「공야장公冶長」편에 나오는 한 대목.

영무자衛武子는 나라에 도가 있으면 지혜로웠고, 나라에 도가 없으면 어리석은 듯이 했다. 지혜로운 것은 미칠 수 있지만, 어리석은 듯함은 미칠 수가 없다.

衛武子. 邦有道則知, 邦無道則愚. 其知可及也, 其愚不可及也.

알아주는 임금 앞에서 마음껏 역량을 펼치다가, 세상이 어지러워지면 어리석은 체 숨어 자신을 지킨다. 후세는 영무자를 명철보신明哲保

身의 지혜자로 높였다. 하지만 좀 얄밉다. 누릴 것만 누리고, 손해는 안 보겠다는 심보가 아닌가? 공자께서는 어째서 이를 대단하다 하신 걸까?

『춘추』에 보이는 전후 사정은 이렇다. 처음에 영무자는 위성공衛成公을 따라 여러 해 갖은 고초를 겪으며 충성을 다했다. 덕분에 사지에서 돌아온 성공은 영무자 아닌 공달孔達에게 정치를 맡겼다. 영무자의 서운함과 배신감이야 말할 수 없었겠는데, 그는 원망하는 대신 바보처럼 자신을 감추고 숨어 끝내 공달과 권력을 다투지 않았다. 공자는 처지를 떠난 영무자의 한결같은 충성을 높이 산 것이다. 나라는 어찌 되건 제 한 몸만 보전하려는 꾀를 칭찬한 말씀이 결코 아니었다. 하지만 세상 사람들은 이를 박수칠 때 떠나라는 식의 처세훈으로 오독했다.

명철보신이란 말은 『시경』 「대아大雅」 「증민蒸民」편에 나온다.

현명하고 또 밝아서
그 몸을 붙들어,
온종일 쉬지 않고
한 임금만 섬기누나.
旣明且哲　以保其身
夙夜匪解　以事一人

주나라 선왕宣王 때의 재상 중산보仲山甫의 덕망을 칭송한 내용이다. 이것도 흔히 좋은 세상에서 누리며 잘 살다가, 재앙의 기미가 보이면 재빨리 물러나 제 몸과 제 집안을 잘 보전하는 것을 가리키는 뜻으로 잘못 쓴다. 실제의 쓰임과는 정반대의 풀이다.

　명철明哲은 원래 선악과 시비를 잘 분별한다는 뜻이다. 사람들은 이익과 손해를 잘 판별하고, 나설 때와 침묵할 때를 잘 아는 것으로 풀이한다. 어리고 약한 것을 붙들어 잡아 주는 것이 보保이니, 유약한 임금을 곁에서 잘 보필한다는 뜻이다. 사람들은 제 몸을 붙들어 지켜 재앙을 면한다는 뜻으로 이해한다. 다산은 세상에서 명철보신이란 말을 제 몸과 제 집안을 보전하는 비결로 여기면서부터, 저마다 일신의 안위만 추구할 뿐 나라 일은 뒷전이 되어, 임금이 장차 국가를 다스릴 수조차 없게 되었다고 통탄했다. 경전을 제대로 읽지 못한 오독의 폐해가 참으로 크다.

모든 재앙은 입에서 비롯된다
—
禍生於口

성대중이 말했다.

재앙은 입에서 생기고,
근심은 눈에서 생긴다.
병은 마음에서 생기고,
때는 얼굴에서 생긴다.
禍生於口, 憂生於眼, 病生於心, 垢生於面.

또 말했다.

내면이 부족한 사람은 그 말이 번다하고,
마음에 주견이 없는 사람은 그 말이 거칠다.

內不足者, 其辭煩. 心無主者, 其辭荒.

다시 말했다.

겸손하고 공손한 사람이 자신을 굽히는 것이 자기에게 무슨 손
해가 되겠는가? 사람들이 모두 기뻐하니 이보다 더 큰 이익이 없
다. 교만한 사람이 포악하게 구는 것이 자기에게 무슨 보탬이 되겠
는가? 사람들이 미워하니, 이보다 큰 손해가 없다.

謙恭者屈節, 於己何損. 而人皆悅之, 利莫大焉. 驕傲者暴氣, 於己何
益. 而人皆嫉之, 害孰甚焉

또 말했다.

남에게 뻣뻣이 굴면서 남에게는 공손하라 하고, 남에게 야박하
게 하면서 남 보고는 두터이 하라고 한다. 천하에 이런 이치는 없
다. 이를 강요하면 반드시 화가 이른다.

傲於人而責人恭, 薄於人而責人厚, 天下無此理也. 强之禍必至矣.

다시 말했다.

나를 찍는 도끼는 다른 것이 아니다. 바로 내가 다른 사람을 찍

었던 도끼다. 나를 치는 몽둥이는 다른 것이 아니다. 바로 내가 남을 때리던 몽둥이다. 바야흐로 남에게 해를 입힐 때 계책은 교묘하기 짝이 없고, 기미는 비밀스럽지 않음이 없다. 하지만 잠깐 사이에 도리어 저편이 유리하게 되어, 내가 마치 스스로 포박하고 나아가는 형국이 되면, 지혜도 용기도 아무짝에 쓸데가 없다.

伐我之斧非他, 卽我伐人之斧也. 制我之梃非他, 卽我制人之梃也. 方其加諸人也, 計非不巧, 機非不密也. 毫忽之間, 反爲彼利, 而我若自縛以就也, 智勇並無所施也.

또 말했다.

귀해졌다고 교만을 떨고, 힘 좋다고 제멋대로 굴며, 늙었다고 힘이 쭉 빠지고, 궁하다고 초췌해지는 것은 모두 못 배운 사람이다.

貴而驕, 壯而肆, 老而衰, 窮而悴, 皆不學之人也.

어찌 해야 할까? 그가 말한다.

청렴하되 각박하지 않고,
화합하되 휩쓸리지 않는다.
엄격하되 잔인하지 않고,
너그럽되 느슨하지 않는다.

淸而不刻, 和而不蕩, 嚴而不殘, 寬而不弛.

또 말한다.

　이름은 뒷날을 기다리고,
　이익은 남에게 미룬다.
　세상을 살아감은 나그네처럼,
　벼슬에 있는 것은 손님 같이.
　名待後日, 利付他人. 在世如旅, 在官如賓.

사람이 답을 몰라서가 아니라 언제나 행함을 잊어 탈이 된다.

임사주상

일처리는 언제나 꼼꼼하고 면밀하게

臨事周詳

1567년 명종의 환후가 심상치 않았다. 신하들이 여러 날 지키다가 병세가 조금 호전되자 다른 대신들이 자리를 비웠다. 영의정 이준경李浚慶이 혼자 지키고 있었다. 6월 28일, 밤중에 왕의 병세가 갑자기 위중해졌다. 이준경이 들어가 주렴 밖에 서서 왕후에게 후사를 누구에게 이을 것인지 물었다. "덕흥군의 셋째 아들 모某로 후사를 이으시오." 당시 입직했던 여러 재상 중에 섬돌 위로 올라온 자가 많았다. 이준경이 말했다. "소신의 귀가 어두우니 다시 하교해 주소서." 인순왕후가 모두에게 들리도록 두 번 세 번 또박또박 말했다. 모두가 분명히 들은 것을 확인한 뒤에 한림 윤탁연尹卓然에게 전교를 받아 적게 했다. 윤탁연이 '제삼자第三子'라 적지 않고 '제삼자第參子'로 썼다. 이준경이 말했다. "이 사람이 누구의 아들인고?" 그의 노숙함을 칭찬한 말이었다.

후사 문제는 자칫 국가의 명운이 왔다갔다 하는 중대사다. 일말의 의혹이 있어서는 안 될 일이었다. 모두가 분명히 들어 한 점 의혹이 없음을 확인한 뒤에 시행한 이준경이나, 삼三을 삼參으로 써서 혹 있을지 모를 변조의 가능성을 원천적으로 차단한 윤탁연의 침착함이 위기의 순간에 빛났다.

1830년 익종翼宗의 발인을 며칠 앞두고 빈소에 불이 났다. 내관들이 불 속에 뛰어들어 관을 받들어 내왔다. 옻칠한 내관內棺이 몹시 두꺼워 밖은 탔어도 안은 말짱했다. 종척집사宗戚執事 홍현주洪顯周가 말했다. "천행입니다. 하지만 그냥 모시면 안 됩니다. 반드시 중전마마와 세자빈께서 입회하시어 근심과 의심을 풀어야 합니다. 고쳐 모실 때는 곡진하게 정회를 펴는 절차를 갖게 하소서." 마침내 절차를 갖춰 시신을 모셔내 새 관에 옮겼다. 아니나 다를까. 시신이 다 탔느니, 누가 일부러 그랬느니 갖은 흉흉한 소문이 돌았다. 중전과 세자빈이 직접 입회한 소식이 전해진 뒤에야 여론이 겨우 가라앉았다.

임사주상臨事周詳! 일에 임해서는 그 처리 과정이 주밀하고 꼼꼼해야 한다. 다급한 상황일수록 침착하지 않으면 안 된다. 말의 불길은 한번 치솟으면 걷잡을 수가 없다. 처음의 일처리가 야무지지 못해 없어도 될 의혹이 생기고, 평지풍파가 일어난다. 말도 많고 탈도 많았던 천안함 사태의 처리 과정에서도 우리는 이런 경우를 수없이 보았다.

방무여지

여지가 없으면 행실이 각박하다

旁無餘地

사람이 발을 딛는 것은 몇 치의 땅에 지나지 않는다. 하지만 짧은 거리인데도 벼랑에서는 엎어지거나 자빠지고 만다. 좁은 다리에서는 번번이 시내에 빠지곤 한다. 어째서 그럴까? 곁에 여지餘地가 없었기 때문이다. 군자가 자기를 세우는 것 또한 이와 다를 게 없다. 지성스런 말인데도 사람들이 믿지 않고, 지극히 고결한 행동도 혹 의심을 부른다. 이는 모두 그 언행과 명성에 여지가 없는 까닭이다.

人足所履, 不過數寸. 然而咫尺之途, 必顚蹶於崖岸, 拱把之梁, 每沈溺於川谷者, 何哉? 爲其旁無餘地故也. 君子之立己, 抑亦如之. 至誠之言, 人未能信, 至潔之行, 物或致疑, 皆由言行聲名, 無餘地也.

중국 남북조 시대 안지추顔之推가 지은 『안씨가훈顔氏家訓』 중 「명실名實」에 나오는 말이다. 여지의 유무에서 군자와 소인이 갈린다. 사람은 여지가 있어야지, 여지가 없으면 못 쓴다. 신흠申欽이 「휘언彙言」에서 말했다.

군자는 늘 소인을 느슨하게 다스린다. 그래서 소인은 틈을 엿보아 다시 일어난다. 소인이 군자를 해치는 것은 무자비하다. 그래서 남김없이 일망타진한다. 쇠미한 세상에서는 소인을 제거하는 자도 소인이다. 한 소인이 물러나면 다른 소인이 나온다. 이기고 지는 것이 모두 소인들뿐이다.

君子之治小人也, 常緩. 故小人得以伺隙而復起. 小人之害君子也, 常慘. 故一網無遺. 及夫衰世, 則除小人者乃小人也. 一小人退, 一小人進. 勝負者, 小人而已.

군자의 행동에는 늘 여지가 있고, 소인들은 여지없이 각박하다. 성대중이 말한다.

지나치게 청렴한 사람은 그 후손이 반드시 탐욕으로 몸을 망친다. 너무 조용히 물러나 지내는 사람은 그 자손이 반드시 조급하게 나아가려다가 몸을 망친다.

過於淸白者, 其後必有以貪墨亡身, 過於恬退者, 其後必有以躁競亡身.

역시 지나친 것을 경계한 말씀이다. 청렴이 지나쳐 적빈赤貧이 되면 청빈淸貧과는 거리가 멀어진다. 자기 앞가림도 못하는 터수에 가족의 희생만 강요하면 후손이 뻗나간다. 세속을 떠난 삶이 보기에 아름다워도, 자식은 제가 선택한 길이 아니어서 자꾸 바깥세상을 기웃대다 제 몸을 망치고, 집안의 명성을 깎는다.

내가 옳고 바른데도 다른 사람이 받아들이지 않는다면, 내 행동이 너무 각박했기 때문이다. 제 입으로 하늘을 우러러 한 점 부끄러움이 없다고 말하는 사람을 늘 조심해야 한다. 그는 자신에 대한 확신이 지나쳐 주변 사람을 들볶는다. 왜 이렇게 하지 않느냐고 야단치고, 어째서 이렇게 하느냐고 닦달한다. 여지가 없는 사람은 남의 말에 귀를 기울이지 않는다. 자기 말만 한다. 궁지에 몰린 쥐는 고양이에게 대들고, 사람을 문다. 이렇게 되면 뒷감당이 어렵다. 하물며 그 확신이 잘못된 생각에서 나온 것이라면 그 폐해를 말로 다 할 수가 없다.

피음사둔

번드르한 말 속에서 본질을 간파한다

詖淫邪遁

제자 공손추公孫丑가 맹자에게 물었다. "선생님의 장점은 무엇입니까?" 맹자가 대답했다. "내 장점은 말을 알고 내 호연지기를 잘 기르는 것이다." 공손추가 다시 묻는다. "말을 안다는 게 어떤 건가요?" "한쪽으로 치우친 말〔詖辭〕을 들으면 가려진 것을 알고, 방탕한 말〔淫辭〕에서 빠져 있음을 알며, 사특한 말〔邪辭〕을 듣고는 도리를 벗어났음을 알고, 회피하는 말〔遁辭〕에서 궁함을 알아보는 것이지. 이런 마음이 생겨나 정치를 해치고, 정치에 퍼서 일을 망치는 법이다. 성인께서 다시 나오셔도 반드시 내 말에 동의하실 게다."

지언知言은 말귀를 잘 알아듣는 것이다. 누구나 그럴 법하게 보이려고 꾸미고 보탠다. 얼핏 들으면 다 옳은 말이고, 전부 충정에서 나온 얘기다. 안 될 일이 없고 해결 못할 문제가 없다. 찬찬히 보면 다르다. 하나만 알고 둘은 모르는 피사가 있고, 외곬에 빠져 판단을 잃은 음사가 있다. 바른 길을 벗어난 사사가 있고, 궁한 나머지 책임을 벗으려고 돌려막는 둔사가 있다. 이 피음사둔詖淫邪遁의 반지르한 말을 잘 간파해서 본질을 꿰뚫어 보는 안목을 맹자는 자신의 장점으로 꼽았다.

'소리장도笑裏藏刀', 웃고 있지만 칼을 감췄다. '면종복배面從腹背', 앞에서는 예예 하면서 속으로는 두고 보자 한다. '구밀복검口蜜腹劍', 입은 꿀인데 뱃속에 칼이 들었다. 깐을 두어 간떠보는 말, 달아날 구멍을 준비하는 말, 가장 위해 주는 척 하면서 뒤통수치는 말, 양다리 걸치는 말, 이런 것들이 모두 피음사둔의 언어다. 이것을 참말로 알고 따르다간 뒷감당이 안 된다. 이런 상대의 말을 듣고 대번에 그 속내를 알아채는 능력이 지언이다. 아랫사람의 피음사둔에 윗사람이 놀아나면 큰 일을 그르친다. 반대의 경우는 제 몸을 해친다. 사람은 말귀를 잘 알아들어야 한다. 행간을 잘 살펴야 한다.

누가 무슨 말을 하면 곧이 듣기지 않고, 속내가 궁금하다. 도처에 숨겨진 함정과 그물에 방심하면 자칫 당한다. 말이 갈수록 마구잡이라 피음사둔이 오히려 격조 있게 들릴 때도 있다. 다시는 안 볼 것처럼 마구 해 대는 폭로와 비방, 남에게 책임을 다 떠밀고 저만 살고 보자는 독선, 같이 죽자고 물고 늘어지는 억지. 이게 요즘 정치 언어의 풍경들이다. 맹자의 지언까지 갈 것도 없는 저급한 속물의 언어가 판을 친다.

상두보소

뽕나무 뿌리로 허술한 둥지를 고치다

|

桑土補巢

정조 때 이덕리李德履(1728-?)는 진도의 유배지에서 『상두지桑土志』를 지었다. 상두桑土는 뽕나무 뿌리다. 『시경』「빈풍豳風」「치효鴟鴞」편에서 따왔다.

> 하늘이 장맛비를 내리지 않았을 때
> 저 뽕나무 뿌리를 가져다가,
> 출입구를 얽어 두었더라면,
> 지금 너 같은 낮은 백성이
> 감히 나를 업신여기겠는가.

迨天之未陰雨　徹彼桑土　綢繆片扁戶　今女下民　或敢侮予

뽕나무 뿌리는 습기를 막는 데 탁월한 효과가 있다. 유비무환의 뜻으로 쓴다.

이덕리는 『상두지』에서 호남과 영남 지역에 자생하는 차를 국가에서 전매하여 중국 국경에 내다 팔아, 여기서 생기는 막대한 이익으로 국방 시스템을 개선할 획기적이고도 구체적인 방안을 제안했다. 아무도 차의 효용 가치를 거들떠보지 않았을 때였다. 밑천을 따로 들일 것도 없이 노는 노동력을 이용해 엄청난 국부를 창출할 절호의 기회였다. 하지만 그의 제안은 누구에게도 주목받지 못하고 잊혀졌다. 다산이 『경세유표』와 『대동수경大東水經』에서 한 차례씩 인용하고, 초의가 『동다송東茶頌』에서 그의 『동다기東茶記』 한 구절을 따갔을 뿐이다.

『시경』 「치효」편의 앞뒤 내용은 이렇다. 둥지 속의 새끼를 올빼미가 와서 잡아먹었다. 장맛비가 오기 전에 뽕나무 뿌리로 출입구를 막아 단속했더라면 이런 일은 없었을 것이다. 하지만 올빼미를 원망하기보다, 미연에 대비하지 못한 자신을 더 자책했다. 부실한 둥지는 비가 줄줄 새고, 배고픈 올빼미에게 자식마저 내주었다. 뒤늦게 애가 달아 날개깃이 모지라지고, 꼬리가 닳아빠지도록 애를 써도 둥지는 비바람에 흔들흔들 위태롭다. 일이 벌어진 뒤에 전날의 게으름과 부주의를 뉘우쳐도 때는 이미 늦었다. 소 다 잃고 외양간은 고쳐 무엇하겠는가?

문제는 늘 설마와 괜찮겠지의 사이에서 생긴다. 몇 해 전 구제역이 처음 발생했을 때, 일이 그렇게 커질 줄 누가 알았겠는가? 뒤늦게 부리가 헐도록 띠풀을 모아 봐도 비가 줄줄 새는 둥지는 손볼 수가 없다.

일침

대책이 세워지는 것은 늘 상황이 끝난 다음이다. 문제를 알았을 땐 너무 늦었다. 공자께서는 이 시에 대해 이렇게 말씀하셨다. "이 시를 지은 사람은 도리를 아는구나. 능히 나라를 다스리게 한다면 누가 감히 그를 업신여기겠는가?"

맹인할마

소경이 애꾸 말을 타고 한밤중에 못가를 간다

盲人瞎馬

두 해 전 연암 박지원의 「일야구도하기一夜九渡河記」의 현장을 보러 밀운현密雲縣 구도하진九渡河鎭을 물어물어 찾았던 적이 있다. 하루 밤에 아홉 번 황하를 건넜다길래 잔뜩 기대하고 갔더니 고작 폭이 20~30미터 남짓한 구불구불 이어진 하천이어서 실소를 금치 못했다. 연암의 허풍에 깜빡 속았다. 하천을 끼고 난 도로로는 1도渡에서 9도까지 차로 10여 분밖에 걸리지 않았다. 그때는 길이 없었을 테니 굽은 물길을 따라 몇 차례 쯤 물을 건넜겠는데, 아홉 번은 아무래도 뻥이 심했다.

캄캄한 밤중에 강을 건널 때 물이 말의 배 위로 차오르다가 말의 발이 허공에 매달리기도 하니, 자칫 굴러 떨어지면 어쩌나 하는 조바심이 왜 없었겠는가? 간신히 강을 건너자 누가 말했다. "옛날에 위태로운 말에 '소경이 애꾸눈 말을 타고서, 한밤중에 깊은 못 가에 섰네〔盲人騎瞎馬, 夜半臨深池〕'라고 했다던데, 오늘 밤 우리가 꼭 그 짝입니다그려." 연암이 대답한다. "위태롭긴 하네만, 위태로움에 대해 잘 안 것은 아니로군!" "어째 그렇습니까?" "눈이 있는 자가 소경을 지켜보며 위태롭다 여기는 것이지, 소경 자신은 보이질 않아 위태로울 것이 하나도 없는 법일세."

두려움과 위태로움은 눈과 귀가 만든다. 연암은 소경의 비유를 즐겨 말했다. 소경이 지나는 것을 보고는 "저야말로 평등안平等眼을 지녔구나!" 하고 감탄하기도 했다. 우리는 자주 멀쩡히 뜬 두 눈 때문에 외물에 정신이 팔려 공연한 걱정을 만들고, 쓸데없는 위태로움을 자초한다.

몇이 모여 위태로운 말 짓기 시합을 했다. 환남군桓南郡이 운을 떼었다. "창끝으로 쌀을 일어 칼끝으로 불 땐다〔矛頭淅米劍頭炊〕." 은중감殷仲堪이 맞받았다. "백 살 먹은 노인네가 마른 가지 오르네〔百歲老翁攀枯枝〕." 고개지顧愷之가 거들었다. "우물 위 두레박에 갓난아이 누웠구나〔井上轆轤臥嬰兒〕." 막상막하였다. 그때 곁에 있던 은중감의 부하가 불쑥 끼어들어 했다는 말이 연암이 위에 인용한 구절이다. 유의경劉義慶의 『세설신어世說新語』에 나온다. 세상에 위태로운 것이 어디 이뿐이랴! 눈을 떠서 위태로움을 만들 것인가? 눈이 멀어 위험을 자초할 것인가? 이것도 저것도 참 어렵다.

인양념마

양을 팔아 말을 사서 부자가 되는 생각

|

因羊念馬

이덕무가 꿈을 꾸는데, 천군만마가 소란스럽고 대포 소리가 요란했다. 횃불이 사방을 에워싸며 몰려들었다. 깜짝 놀라 깨어 보니, 베갯머리에서 기름이 다 말라 등불 심지가 타닥타닥 타들어 가는 소리였다. 이 소리가 꿈속에 들어와 거창한 한바탕의 싸움판을 꾸몄던 것이다. 『이목구심서耳目口心書』에 나온다.

속담에 "꿈에 중을 보면 부스럼이 난다"는 말이 있다. 스님과 부스럼이 어찌 연관되는가? 연암 박지원의 풀이가 그럴 듯하다. "중은 절에 살고, 절은 산에 있고, 산에는 옻나무가 있으며, 옻나무는 부스럼이 나게 하니, 꿈속에서 서로 인因하게 된 것이다." 사물과 사물 사이에 얽히고설킨 인이 있다. 이것들이 서로 갈마들어 작용을 만든다. 착각도 환상도 여기서 다 나온다.

한 목동이 양을 치다가 잠이 들었다. 꿈속에서 생각했다. 이 양을 잘 길러 새끼를 많이 낳으면 내다 팔아 말을 사야지. 말이 또 망아지를 낳겠지? 또 내다 팔아 이번에는 수레를 사야겠다. 물건을 실어 주고 돈을 받으면 지금보다 훨씬 부자가 될 거야. 그러면 그 돈으로 덮개가 있는 멋진 수레를 살 테야. 사람들이 더 이상 나를 업신여기지 못하겠지. 목동은 계속 꿈을 이어 나갔다. 나중에는 왕공王公이나 타는 화려한 수레에 올라타 앞뒤로 북과 나팔이 행진곡을 연주하며 나아가는데, 나팔이 갑자기 큰 소리를 내는 바람에 잠을 깼다. 풀 뜯던 양이 심심해서 메에 소리를 냈던 모양이다. 목동과 왕공은 거리가 아득한데 꿈에서는 안 될 것이 없다. 한 단계 한 단계는 그럴 법해도, 마지막엔 턱도 없는 황당한 얘기가 된다. 소동파蘇東坡의 「몽재명夢齋銘」에 나온다.

우리 옛 동화에도 비슷한 이야기가 있다. 달걀 한 꾸러미를 들고 장에 가던 소년이 달걀 팔아 염소를 사고, 마침내 소를 사고 집을 사는 황홀한 상상에 젖었다. 너무 행복해서 눈을 감는 순간 돌부리에 넘어져 달걀을 다 깨고 말았다. 꿈은 등불 심지 타는 소리를 대포 소리로 착각하게 만든다. 염소의 메에 하는 울음을 나팔 소리로 듣게 한다. 애초에 문제는 품은 생각에 있었다. 여기에 곁에서 부추기는 인因이 작용해 꿈을 만든다. 꿈은 깨기 마련이고, 깬 뒤에는 허망하다. 목동의 꿈은 말 그대로 일장춘몽이다. 하지만 소년의 깨진 계란은 어찌 하는가?

매독환주

본질을 버려두고 말단만을 쫓는 풍조

買櫝還珠

신지도薪智島에 귀양 갔던 명필 이광사李匡師가 『해동악부海東樂府』란 책을 짓고 직접 글씨를 썼다. 정약용이 그 책을 빌려 보았다. 이광사 자신이 득의작으로 여겼으리만치 글씨가 훌륭했다. 다산은 내용만 한 벌 베껴 쓰고는 원본은 돌려주었다. 사람들이 말했다. "상자만 사고 구슬은 돌려준 셈이로군요." 다산이 대답했다. "그렇지 않네. 구슬이 상자만 못해도 나는 구슬을 사는 사람일세." 글씨가 값져도 내용이 더 중요하다는 말이다. 「해동악부 발문」에 나온다.

홍담洪曇이 자제들에게 말했다. "학문의 요체는 집에 들어가면 효도 하고 밖에서는 공손하게 행동하며, 말을 삼가고 행실을 바로 하는 것일 뿐이다. 오늘날 학자들은 실질은 버려두고 화려함에만 힘을 쏟으니, 상자만 사고 구슬은 돌려주는 격이다. 깊이 경계하도록 해라." 폼으로 공부하지 말고 내실을 다지라는 당부다.

두 글에 보이는 매독환주買櫝還珠, 즉 상자만 사고 구슬은 돌려준다는 말은 『한비자韓非子』에 나온다. 초나라 사람이 정鄭나라로 진주를 팔러 갔다. 값을 높게 받으려고, 목란木蘭으로 상자를 만들어 좋은 향기가 나도록 한 다음, 온갖 주옥으로 화려하게 꾸며 장식했다. 길 가던 사람이 걸음을 멈추고 물었다. "얼마요?" 초나라 사람은 의기양양해서 이 진주가 얼마나 귀한 것인지를 한참 설명한 후 가격을 말했다. "내가 사겠소." 정나라 사람은 돈을 한 푼도 깎지 않고 제 값을 다 치렀다. 물건을 건네받자 뚜껑을 열더니 안에 든 진주를 꺼내 초나라 사람에게 돌려주었다. "이건 내게 필요 없으니 가지시오. 음, 상자가 참 아름답소." 그는 뒤도 돌아보지 않고 뚜벅뚜벅 가 버렸다.

결과적으로 둘 다 흡족한 거래를 했지만, 뒷맛이 영 개운찮다. 사본축말捨本逐末, 본질은 버려두고 지엽말단만 쫓아갔다. 초나라 사람은 구슬을 돋보이게 하려고 상자를 꾸며, 상자만 팔고 구슬은 돌려받았다. 그는 남는 장사를 한 걸까? 정나라 사람은 멋진 상자가 욕심났을 뿐, 구슬은 애초에 관심도 없었다. 그는 겉치레를 중시하는 어리석은 소비자일까? 겉포장에 눈이 팔려 알맹이가 아예 눈에 들어오지 않는 것은 큰 문제다. 하지만 싸구려 구슬을 상자만 그럴싸하게 만들어 파는 일이 세상에는 훨씬 더 많다.

곡돌사신

굴뚝을 굽히고 땔감을 옮겨라

曲突徙薪

지나던 사람이 주인을 찾아와 이렇게 말했다. "댁의 굴뚝이 너무 곧게 뻗었군요. 게다가 곁에 땔감까지 쌓아 두어 화재가 염려됩니다. 굴뚝을 지금보다 조금 굽히시고, 땔감은 떨어진 곳으로 치우십시오." 주인은 네 걱정이나 잘하라는 표정으로 그를 올려다봤다. 얼마 안 있어 정말 불이 났다. 다행이 이웃들이 달려와서 불을 껐다. 주인은 가슴을 쓸어내리며 소를 잡아 이웃에게 잔치를 베풀었다. 불 끄다 다친 사람을 가장 윗자리로 모셨다. 막상 앞서 굴뚝을 굽히고 땔감을 치우라고 충고한 사람은 잔치에 초대받지도 못했다.

어떤 사람이 말했다. "앞서 그 사람의 충고를 들었더라면 잔치 비용

들일 것도 없이 아무 걱정이 없었겠지요. 이제 공을 논하면서 바른 말로 충고해 준 사람은 아무 보람도 없고, 불 끄다가 이마를 다친 사람만 상객上客 대접을 받습니다그려." 곡돌사신曲突徙薪, 즉 굴뚝을 굽히고 땔감을 옮긴다는 고사가 여기서 나왔다. 흔히 예고 없는 재난을 미연에 대비하는 선견지명이나, 유비무환有備無患의 뜻으로 쓴다. 『한서漢書』 「곽광전霍光傳」에 나온다.

일본의 화산 폭발에 이은 쓰나미 참사는 원전 사태의 악화로 인해 돌이킬 수 없는 심각한 상황으로 치닫고 말았다. 원전 관리의 책임을 맡은 도쿄 전력의 빈말과 낙관이 초기 상황을 걷잡을 수 없이 악화시켰다. 상상을 초월하는 쓰나미 앞에서 무서우리만치 침착하던 일본 국민들이 이 미증유의 사태 앞에서 걷잡을 수 없이 흔들리는 모습을 보았다.

이것은 남의 집 일인가? 우리 원전은 안심해도 좋은가? 더욱이 우리는 지진 대신 전쟁의 위협이 상존한다. 2차 세계대전 막바지에 미군의 B-29 폭격으로 도쿄대공습이 이뤄졌다. 불과 세 시간의 폭격에 10만 명이 넘는 주민이 목숨을 잃었다. 전쟁의 재앙은 쓰나미 정도가 아닐 것이다. 우리의 재난 대비 시스템은 이런 비상시에도 정상적으로 작동될 수 있을까? 곁에 불기운을 그대로 뿜는 곧은 굴뚝과 땔감 더미를 쌓아 놓고도 근거 없는 낙관, 설마 하는 방심을 키우고 있지는 않은가? 후쿠시마 원전에 끝까지 남은 50명의 결사대에 대한 경의에 앞서, 미연에 극단적 재난에 대비하는 선견지명이 더 아쉽게 느껴진다. 소 잡아 잔치할 생각 말고, 굴뚝을 굽히고 땔감을 옮기자.

발총유자

무덤을 파면서도 명분을 내세운다

發塚儒者

유자儒者 두 놈이 도굴을 한다. 대유大儒가 망을 보고 소유小儒는 묘혈을 판다. 먼동이 터 오자 대유가 위에서 닦달한다. 소유가 끙끙대며 대답한다. "수의는 다 벗겼는데, 입속의 구슬을 아직 못 꺼냈어요." 대유가 말한다. "넌 『시경』도 못 읽었니? '살아 베풀지 않았거니, 죽어 어이 구슬을 머금으리오'라고 했잖아. 위를 꽉 잡고 턱 아래를 탁 쳐 버려! 구슬 안 깨지게 조심하고." 소유가 쇠망치로 시신의 턱을 쳐서 입속 구슬을 조심스레 꺼냈다. 『장자』「외물外物」에 나오는 얘기다.

도둑질도 『시경』을 근거 삼아 한다. 이후 발총유發塚儒, 즉 무덤 파는 유자는 도굴 같은 못된 짓을 하면서 그럴 법한 언사로 자신을 합리화

하는 위선적 지식인을 풍자하는 말로 쓴다. 다른 사람이 하면 치를 떨면서, 제가 하면 핑계와 변명으로 포장한다. 남이 하면 있을 수 없는 일이, 자기가 하면 어쩔 수 없는 일로 된다. 연암 박지원의 「호질虎叱」에 나오는 북곽선생北郭先生이 바로 그런 인물이다. 그는 불륜의 현장에서 천연스레 『시경』의 구절을 읊조린다. 자신을 잡아먹으려는 범 앞에서 경전의 말씀을 끌어와 갖은 아첨을 다 떤다. 급기야 듣다 못한 범이 구리고 냄새나서 못 먹겠다고 자리를 피한다는 얘기다.

윤기尹愭(1741-1826)도 「똥 푸는 사람 이야기〔抒厠者說〕」를 썼다. 똥 푸는 사람은 종일 냄새나는 일을 해서 농부에게 대가를 받는다. 그가 귀가하다가 아는 사람이 남의 묘혈 파는 광경을 목격한다. 그는 매장한 지 얼마 안 된 무덤을 밤중에 파헤쳐 시신에게서 값비싼 수의를 벗겨낸다. 소주에 담가 냄새를 뺀 후 세탁해서 비싼 값에 되판다. 왜 그런 짓을 하느냐고 하자, 도굴꾼이 째려보며 말했다. "야야! 너 할 일이나 잘 해. 너처럼 매일 똥구덩이 사이에서 허둥거리는 것보다야 힘도 덜 들고 백번 낫지."

지난해 화장장에서 시신을 불에 넣기 전에 수의를 벗겨 되팔다가 검거된 사건이 있었다. 시신에서 나온 금이빨을 빼돌리다가 잡혀가기도 했다. 어쩌면 옛날이나 지금이나 변한 것이 없는가. 비싼 수의를 그저 불에 태우면 아깝지 않은가. 금이빨은 유골함에 넣을 수도 없으니 가져가도 괜찮겠지. 어차피 재가 될 텐데 뭐가 문젠가? 땅을 파는 것도 아니지 않은가? 이런 심보였겠지. 돈 되는 일이라면 못할 짓이 없다. 걸리면 경전에서 핑계를 찾는다. 나쁜 짓을 하고도 절대 승복하지 않는다. 고약한 놈들!

수락석출

물이 줄자 바위가 수면 위로 드러난다

|

水落石出

1082년 7월 16일과 11월 15일, 소동파는 적벽에 놀러가 전후 「적벽부赤壁賦」를 각각 남겼다. 당시 그는 왕안석의 신법新法을 반대했다가 황주黃州 땅에 유배된 죄인의 신분이었다. 7월의 홍취가 거나했던지, 동파는 11월 보름에 벗들과 다시 겨울 뱃놀이를 감행한다. 똑같은 장소임에도 이곳이 그때 여긴가 싶으리만치 느낌이 달랐다. 맑은 바람이 천천히 불어오고, 물결조차 일지 않던 그 강물은 물살이 빨라져 소리를 냈다. 서리 이슬이 하얗고 무성하던 잎은 모두 땅에 지고 없었다.

배가 적벽 아래로 들어서자 깎아지른 벼랑은 줄어든 물 때문에 갑자기 천 척이나 높아 보였다. 훌쩍 키가 커진 산으로 인해 하늘에 달도 유난히 조그맣게 느껴진다. 물속에 잠겼던 바위가 수면 위로 삐죽 솟았다. 그는 자꾸 딴 곳에 온 것만 같아서 두리번거리다가 "고작 날짜가 얼마나 지났다고, 강산을 알아볼 수조차 없구나!" 하는 탄식을 발했다.

남효온南孝溫(1454-1492)은 「적벽승주赤壁乘舟」에서 이때 일을 이렇게 노래했다.

> 신법新法은 천하에 가득 넘치고
> 세상은 한밤이라 새지 않누나.
> 쓸쓸히 떠돌던 임술년 가을
> 동정호는 저 하늘 끝에 있구나.
> 길게 요조장窈窕章을 노래하다가
> 호의현상縞衣玄裳 학鶴에게 마음 부쳤지.
> 바위 밑둥 가을 물에 잠기어 있고
> 산은 높아 흰 달이 조그마하다.
> 新法滿天下　人間夜未曉
> 飄零壬戌秋　洞庭天一表
> 長歌窈窕章　托契玄裳鳥
> 石脚蘸秋水　山高白月小

세상은 캄캄한 어둠 속인데, 불의한 세력이 그 틈을 타고 횡행한다. 마음 맑은 사람은 변방으로 쫓겨나 하늘 끝 절벽 아래서 조그맣고 창백한 달빛을 보며 새벽을 기다린다.

수락석출水落石出! 초가을에는 안 보이던 바위가 제 생긴 대로의 몰 골을 수면 위로 드러냈다. 소동파야 적벽강의 달라진 경물을 묘사하자 는 뜻이었지만, 후대에는 흑막이 걷혀 진상이 명명백백하게 드러났다 는 의미로 쓴다. 추운 시절이 왔다. 물길이 넉넉할 때는 다 품어 안아 가려졌던 실상이 하나둘 드러난다. 저기 저런 게 숨어 있었구나. 하마 터면 배 밑창에 구멍을 낼 뻔했다. 섬짓하다. 잠깐 만에 저렇듯 본색을 드러내는 것은 보기에 민망하다. 기실 산도 물도 바위도 원래 변한 것 이 없다. 내 눈이 이리저리 현혹된 것일 뿐.

송대 실명씨, 「적벽도赤壁圖」, 비단에 색, 23.2×24.0cm
「후적벽부」의 광경을 묘사했다.

기리단금

두 마음이 하나 되면 무쇠조차 끊는다

—

其利斷金

다산은 유배지 강진에서 아들에게 편지를 보내 원포園圃의 경영을 당부했다. 특별히 마늘과 파를 가장 역점을 두어 심게 했다. 아들은 그 말씀에 따라 마늘을 심고, 「종산사種蒜詞」 즉 '마늘 심는 노래'를 지어 아버지께 보고했다. 또 밭에서 거둔 마늘을 내다 팔아 경비를 마련해서 아버지를 찾아왔다. 당시에 마늘은 상당한 고부가 가치의 특용작물이었다. 요즘 마늘밭도 파기만 하면 100억씩 나오니 고금이 다를 게 없다.

도둑 셋이 무덤을 도굴해 황금을 훔쳤다. 축배를 들기로 해서, 한 놈이 술을 사러 갔다. 그는 오다가 술에 독을 탔다. 혼자 다 차지할 속셈이었다. 독이 든 술을 들고 그가 도착하자 기다리고 있던 두 놈이 다짜고짜 벌떡 일어나 그를 죽였다. 그새 둘이 나눠 갖기로 합의를 보았던 것이다. 둘은 기뻐서 독이 든 술을 나눠 마시고 공평하게 죽었다. 황금은 길 가던 사람의 차지가 되었다. 연암 박지원의 「황금대기黃金臺記」에 나오는 얘기다.

연암은 다시 『주역』의 한 구절을 인용한다. "두 사람이 마음을 같이하면 그 예리함이 쇠도 끊는다〔二人同心, 其利斷金〕." 원래 의미는 쇠라도 끊을 수 있으리만치 굳게 맺은 한 마음의 우정을 가리키는 말이다. 연암은 말을 슬쩍 비틀어, '두 사람이 한 마음이 되면 그 이로움이 황금을 나눠 갖는다'는 의미라고 장난으로 풀이했다. '이利'는 '예리하다'는 의미인데 '이롭다'는 뜻으로 바꾼 것이다.

처남은 불법 도박 사이트를 운영해서 떼돈을 벌었다. 자형의 마늘밭에 100억 원이 넘는 돈을 묻었다. 자형은 그 재물이 탐나서 훔치고는 굴착기 기사에게 뒤집어씌웠다. 애초에는 처남이 출소한 뒤 변명거리를 마련하려는 속셈이었다. 결국 경찰이 그 돈을 다 찾아내서 국고로 환수했다. 처음 훔칠 때는 나쁜 짓 해서 번 돈인데 조금 쓰면 어때 하는 마음이었겠지. 하지만 제 나쁜 짓을 감추려다 동티가 났다. 쓰려던 돈을 뺏기고, 맡겨 둔 돈도 다 잃었다. 그 돈은 진작에 수많은 사람의 패가망신을 불렀던 눈물과 한숨의 돈이다. 재물은 절대 썩는 법이 없다. 주인만은 쉴 새 없이 바뀐다.

연암은 이렇게 글을 맺는다.

까닭 없이 갑작스레 황금이 생기면 우레처럼 놀라고, 귀신인 듯 무서워할 일이다. 길을 가다가 풀뱀과 만나면 머리카락이 쭈뼛하여 멈춰 서지 않는 자가 없을 것이다.

돈은 귀신이요, 독사다. 보면 피해야 한다. 마늘도 땀 흘려 거둔 것이라야 값이 있다.

양묘회신

가라지를 솎아내고 좋은 싹을 북돋우자

|

良苗懷新

도연명의 「계묘년 초봄 옛 집을 그리며〔癸卯歲始春懷古田舍〕」란 시는
이렇다.

> 스승께서 가르침 남기셨으니
> 도를 근심할 뿐 가난은 근심 말라 하셨네.
> 우러러도 아마득해 못 미치지만
> 뜻만은 늘 부지런히 하려 한다네.
> 쟁기 잡고 시절 일을 즐거워하며
> 환한 낯으로 농부들을 권면하누나.

너른 들엔 먼 바람이 엇갈려 불고
좋은 싹은 새 기운을 머금었구나.
한 해의 소출은 가늠 못해도
일마다 즐거움이 많기도 하다.
밭 갈고 씨 뿌리다 이따금 쉬나
길 가던 이 나루터를 묻지를 않네.
저물어 서로 함께 돌아와서는
술 마시며 이웃을 위로하누나.
길게 읊조리며 사립 닫으니
애오라지 밭두둑의 백성 되리라.

先師有遺訓　憂道不憂貧
瞻望邈難逮　轉欲志長勤
秉未歡時務　解顔勸農人
平疇交遠風　良苗亦懷新
雖未量歲功　即事多所欣
耕種有時歇　行者無問津
日入相與歸　壺漿勞近隣
長吟掩柴門　聊爲隴畝民

이 중 7,8구는 천고의 절창으로 꼽는 아름다운 구절이다. 드넓게 펼쳐진 들판에 먼 데서 불어온 바람이 엇갈려 분다. 새싹들이 초록 물결을 이루며 바람의 궤적을 그대로 보여 준다. 바람은 이쪽에서도 불어오고 저쪽에서도 불어와서 새싹들의 춤사위를 경쾌하게 부추긴다. 일하다 말고 잠시 허리를 펴며 그 광경을 바라보는 마음이 더없이 흐뭇하다.

양묘회신良苗懷新! 새싹에 새 기운이 가득하다. "가난이야 족히 근심할 것이 못된다. 가슴 속에 도를 지니지 못한 것이 부끄러울 뿐." 스승의 가르침을 되새기며 큰 숨을 들이쉬면 아직 못할 생기가 가슴에 가득하다.

막상 세상은 어떤가? 이광정李光庭은 그의 「충암집을 읽다가〔讀冲庵集〕」의 제9수에서 이렇게 노래한다.

> 지난 일 감개함 가눌 길 없고
> 뜬생각 마음 빈틈 파고드누나.
> 시름겹게 숨어 사는 근심을 안고
> 하릴없이 긴 밤을 지새는도다.
> 좋은 싹은 김맬 때를 하마 놓쳐서
> 가을엔 가라지만 무성하겠지.
> 도를 추구했건만 뜻은 약했고
> 생계를 꾸림조차 외려 아득타.

> 往事多感慨　浮念乘情罅
> 悄悄抱隱憂　曼曼度長夜
> 良苗失時耘　秋莠萋已荒
> 謀道志不强　爲生計轉茫

김창협金昌協도 해인사에 놀러 가서 지은 시에서 말했다.

교만한 가라지가 좋은 싹 가려
김맬 시기 놓친 지 오래 되었네.

驕莠掩良苗　久矣失芸耔

현실은 늘 이렇다. 뜻 같지가 않다.

봄이 왔다. 새싹들이 땅을 밀고 올라온다. 청신한 기운이 대지에 편만遍滿하다. 어이 가난을 근심하랴. 쭉정이 가라지가 좋은 싹을 뒤덮지 않도록 부지런히 김매고 밭 갈아야 할 때다.

통치의 묘방

4
——
一鍼

간군오의

설득에도 전략이 필요하다

―

諫君五義

　자공子貢이 공자에게 따졌다. "제나라 임금이 정치를 묻자, 재물을 절약하라 하시고, 노나라 임금에게는 신하를 잘 깨우치라 하셨습니다. 또 초나라 섭공葉公에게는 가까운 사람을 즐겁게 하고 먼 사람을 오게 하라고 하셨지요. 어째서 같은 물음에 대답이 다른지요?" 공자께서 대답하셨다. "사람이 다르잖니? 그 사람에 맞게 대답해 준 것뿐이다. 제나라 임금은 너무 사치스럽고, 노나라는 못된 신하가 임금을 에워싸고 있다. 초나라는 땅덩어리만 넓지 수도가 좁다. 각자의 문제를 해결하려면 급선무가 같을 수 없는 법이지." 『공자가어孔子家語』 「변정辨政」편에 나온다.

이어 공자는 충성스러운 신하가 임금에게 간하는 다섯 가지 방법을 말했다. 첫 번째가 휼간諷諫이다. 대놓고 말하지 않고 넌지시 돌려서 간하는 것을 말한다. 말하는 사람이 뒤탈이 없고, 듣는 사람도 기분 좋게 받아들일 수 있다. 잘하면 큰 효과를 거둔다. 두 번째는 당간戇諫이다. 당戇은 융통성 없이 고지식한 것이니, 꾸밈없이 대놓고 간하는 것이다. 자칫 후환이 두렵다. 세 번째는 강간降諫이다. 자신을 낮춰 납작 엎드려 간한다. 상대를 추어주며 좋은 낯빛으로 알아듣게 간하는 것이다. 우쭐대기 좋아하는 임금에게 특히 효과가 있다. 네 번째가 직간直諫이다. 앞뒤 가리지 않고 곧장 찔러 말하는 것이다. 우유부단한 군주에게 필요한 처방이다. 다섯 번째는 풍간諷諫이다. 비꼬아 말하는 것이다. 딴 일에 견주어 풍자해서 말하는 방식이다. 말 속에 가시가 있다. 한나라 때 유향劉向도 『설원說苑』「정간正諫」편에서 직간直諫 대신 정간正諫을 넣어 이 다섯 가지 간언諫言의 방식을 설명했다.

간언도 상대를 보아 가며 가려서 해야 한다. 직간과 당간만 능사가 아니다. 시도 때도 없이 입바른 말을 해 대면, 아무리 충정에서 나왔다 해도 윗사람의 역정을 불러 마침내 미움을 사 해를 입는다. 자신을 낮추는 강간은 자칫 천하게 보이기 쉽다. 아첨과 잘 구분해야 한다. 휼간과 풍간은 말귀를 못 알아듣는 임금에게는 백날 해야 아무 효과가 없다. 직간하면 발끈 성을 내고, 풍간하면 행간을 놓친 채 칭찬으로 알아듣는 임금은 방법이 없다. 간諫은 윗사람을 설득하는 일이다. 설득에도 전략이 필요하다.

바른 말로 충언하는 신하 일곱만 있으면

諍臣七人

증자曾子가 공자에게 물었다. "아버지 말씀을 잘 따르면 효자라 할수 있을까요?" 공자의 대답은 뜻밖이다. "그게 무슨 말이냐? 옛날에 천자는 바른 말로 간쟁諫諍하는 신하가 7명만 있으면 아무리 무도해도 천하를 잃지 않고, 제후는 5명만 있어도 그 나라를 잃지 않는다고 했다. 대부는 그런 신하가 셋만 있어도 제 집안을 잃지 않지. 사士는 바른 말로 일깨워 주는 벗만 있어도 아름다운 이름을 지켜 갈 수가 있고, 아비는 바른 말 해 주는 자식이 있다면 몸이 불의한 일에 빠지지 않게된다고 했다. 그런 까닭에 불의한 일을 당하면 자식이 아비에게 바른말로 간하지 않을 수가 없고, 신하가 임금에게 바른 말을 하지 않을 수가 없는 법이다. 불의함을 보면 바른 말로 아뢰야지, 아버지의 분부만 따르는 것을 어찌 효자라 하겠느냐?"『효경』「간쟁諫諍」에 나온다.

이 말을 받아 성호 이익은 『성호사설』에서 「쟁신칠인諍臣七人」이란 글을 썼다. 취지는 이렇다. 임금은 바른 말 하는 신하가 없는 것을 근심하지 말고, 바른 말을 받아들이지 못함을 근심해야 한다. 말로 간하여 행동으로 받아들이니, 말은 쉽고 행동에 옮기기는 어렵다. 어려운데 임금이 이를 행하면 신하가 쉬운 일을 행하지 않을 도리가 없다. 그런데 간하는 말은 헐뜯음에 가깝다. 이런 말을 듣고 성내지 않을 사람이 없다. 신하가 간하지 않는 것은 노여움을 살까 두려워서다. 쟁신이 없다고 투덜대는 임금은 밭을 소유하고도 곡식을 심지 않거나, 농사를 지어 놓고 추수하지 않는 농부다. 무도한 임금도 곁에 쟁신이 있으면 나라를 잃는 지경에까지 이르지 않는다. 쟁우諍友는 실족을 막아 주고 쟁자諍子는 아비를 환난에서 지켜 준다. 문제는 아무리 이런 신하, 이런 벗, 이런 자식이 있어, 바른 말을 해 주어도 성만 내고 들을 마음이 없거나, 기쁘게 듣는 척하면서 끝내 실행에 옮기지 않는다면 국가와 가정과 개인의 흥폐興廢가 그만 여기서 갈리고 만다는 점이다.

자공子貢이 벗에 대해 묻자, 공자의 대답이 이랬다. "충고해서 잘 이끌어 주다가 도저히 안 되겠거든 그만두거라. 자칫 네가 욕보는 일이 없도록." 벗 사이에 바른 말이 잦으면 사이가 멀어진다고도 했다. 제일 슬픈 것은 말을 해도 도저히 안 되니 제 몸이라도 지키려고 아예 입을 닫고 곁을 떠나 버리는 일이다.

척
확
무
색

자벌레는 정해진 빛깔이 없다

—

尺 蠖 無 色

위후衛侯가 틀린 말을 하는데도 신하들이 한입으로 칭송했다. 자사子思가 말했다.

위나라가 임금은 임금답지 못하고, 신하는 신하답지 못하다. 일의 옳고 그름은 살피지 않고 자기를 찬양하는 것만 기뻐하니, 이처럼 어두울 수가 있는가? 이치의 소재는 헤아리지 않고 아첨하여 받아들여지기만을 구하니, 이보다 아첨이 심할 수가 있는가? 임금은 어둡고 신하는 아첨하면서〔君闇臣諂〕 백성의 위에 군림한다면 백성이 함께 하지 않을 것이다.

위후를 만나자 이렇게 쏘아붙였다. "임금께서 자기 말이 옳다고 여기시니, 경대부卿大夫가 감히 그 잘못을 바로잡지 못합니다. 신하들이 다들 훌륭하다고만 하는군요. 훌륭하다고 하면 순조로워 복이 있고, 잘못이라고 하면 뜻을 거슬러 화가 있기 때문이지요." 『통감通鑑』에 나온다.

제나라 경공景公이 대부들을 불러 놓고 잔치를 벌였다. 경공이 활을 쏘며 으스대느라 손잡이 부분을 떼 냈다. 그 자리에 있던 대부들이 모두 멋있다고 난리를 쳤다. 경공이 한숨을 내쉬더니, 활쏘기를 그만두었다. 마침 현장弦章이 들어왔다. 경공이 그를 보며 말했다. "안자晏子가 세상을 뜬 지도 17년이 되었군. 그가 세상을 뜬 뒤로 내 잘못에 대해 말하는 것을 들어 보지 못했네. 내가 잘못해도 다 잘했다고만 한다네." 현장이 대답했다.

신하들이 못나 그렇습니다. 지혜가 임금의 잘못을 알아차리기에 부족하고, 용기는 임금의 안색을 범하기에 모자랍니다. 하지만 제가 듣기로, 임금이 좋아하면 신하가 입고, 임금이 즐기면 신하들이 먹는다고 했습니다. 저 자벌레[尺蠖]를 보십시오. 노란 것을 먹으면 그 몸이 노래지고, 푸른 것을 먹으면 그 몸이 푸르게 됩니다. 임금께서 혹 그런 말을 듣기 좋아하셨던 게지요.

경공이 기뻐하며 현장에게 큰 상을 내렸다. 『안자춘추晏子春秋』에 보인다.

자벌레는 원래 정해진 색깔이 없다. 먹은 음식의 빛깔에 따라 변한다. 아랫사람은 윗사람 하기에 달렸다. 윗사람의 그릇된 확신이 아랫사람의 맹목적 침묵을 낳는다. 지리멸렬, 아웅다웅 하면서 복지부동伏地不動으로 위만 쳐다본다. 야단맞을 때만 잠시 심각한 척하다가, 돌아가 아랫사람을 똑같이 나무란다. 까마귀의 암수는 겉모습만 보고는 구분이 어려운 법. 백성의 마음이 다 떠나면 할 수 있는 일이 없다.

군인신직

임금이 어질어야 신하가 곧다

|

君仁臣直

위魏나라 문후文侯가 중산中山을 정벌한 후, 그 땅을 아들에게 주었다. 문후가 물었다. "나는 어떤 임금인가?" 신하들이 일제히 말했다. "어진 임금이십니다." 임좌任座가 말했다. "폐하께선 어진 임금이 아니십니다. 중산을 얻어 동생을 봉하지 않고 아들을 봉했으니, 인색한 것입니다." 문후가 발칵 성을 내자 임좌가 물러났다. 문후가 책황翟璜에게 되물었다. "어진 임금이십니다." "어찌 아느냐?" "임금이 어질면 신하가 곧다고 했습니다. 좀 전 임좌의 말이 곧아, 폐하께서 어지신 줄을 알았습니다." 문후가 임좌를 다시 불러오게 하여 사과하고, 상객上客으로 삼았다.

진晉나라 무제武帝가 성대한 제사를 마친 후 기분이 좋아 사례교위司隸校尉 유의劉毅에게 물었다. "내가 한나라로 치면 어느 임금에 해당하겠느냐?" 유의가 대답했다. "한나라를 망하게 한 환제桓帝나 영제靈帝입니다." "너무 심하지 않은가?" "환제와 영제는 관직을 팔아 그 돈을 나라 창고에 넣었는데 폐하께서는 개인 주머니에 넣으시니, 오히려 그만도 못하십니다." 황제가 크게 웃었다. "환제와 영제는 이런 말을 듣지 못했는데, 짐에게는 직언하는 신하가 있으니, 내가 그들보다 낫다."

조회를 마치고 나온 당 태종이 불 같이 화를 냈다. "내 저 농사꾼 영감탱이를 죽이고야 말겠소." 황후가 누구냐고 물었다. "위징魏徵이오. 번번이 조정에서 나를 욕보인단 말이오." 황후가 말없이 물러났다가 정복으로 차려 입고 대궐 뜨락에 섰다. 황제가 놀라 까닭을 물었다. "임금이 밝으면 신하가 곧다고 들었습니다. 위징이 이처럼 곧은 것은 폐하께서 현명하신 때문입니다. 어찌 하례 드리지 않겠습니까?" 황제가 기뻐했다. 뒤에 위징이 죽자 당태종이 몹시 애통해하며 말했다. "사람은 구리로 거울삼아 의관을 바로잡고, 옛날을 거울삼아 흥망을 보며, 사람을 거울삼아 득실을 알 수 있다고 했다. 위징이 죽었으니 짐이 거울 세 개 중 하나를 잃었도다."

세 임금 모두 직언이 귀에 거슬려도 기쁘게 들었다. 화를 참고 포용했다. 언로가 열려야 나라가 열린다. 바른 말은 들은 체 않고, 듣고 싶은 말만 가려듣는다. 입을 막고 귀를 막으니, 알아서 기는 간신배와 모리배가 득세를 한다. 이 둘의 차이에서 국격國格이 갈린다. 나라의 흥쇠興衰가 나뉜다. 어찌 사소하다 하겠는가?

굳이 직접 하시렵니까?

不必親校

제갈량이 직접 장부를 조사했다[親校簿書]. 주부主簿 양과楊顒가 들어가 말했다. "통치에는 체통이 있습니다. 상하가 영역을 침범하면 안됩니다. 사내종은 밭 갈고, 계집종은 밥을 합니다. 닭은 새벽을 알리고, 개는 도적을 지키지요. 주인 혼자 하려 들면 심신이 피곤하여 아무것도 못하게 됩니다. 어찌 이리 하십니까?" 제갈량이 사과했다.

한문제漢文帝가 좌승상 진평陳平에게 형사 사건의 건수와 연간 조세 수입의 규모에 대해 물었다. 그가 대답했다. "잘 모르겠습니다. 주관하는 신하가 따로 있습니다. 형사 사건은 정위廷尉의 담당이고, 세금은 치속내사治粟內史가 잘 압니다." 황제가 불쾌했다. "그럼 승상은 무슨 일을 하는가?" "승상은 천자를 보좌하고 조화를 살피며, 사방을 어루만지고, 관리를 적재적소에 배치하는 일을 합니다. 나머지는 책임 맡은 자가 알아서 합니다. 반대로 하면 천하가 어지러워집니다." 황제가 승복했다.

한선제漢宣帝 때 승상 병길丙吉이 외출을 했다. 길에서 패싸움이 벌어져 여럿이 죽고 다쳤다. 병길은 본 체도 않고 지나쳤다. 조금 더 가니, 소가 수레를 끄는데 숨이 차서 혀를 내밀고 헐떡거렸다. 병길이 수레를 멈추고, 소가 몇 리나 왔는지를 물었다. 좌우에서 투덜거렸다. "좀 전 사람이 죽는 것은 본 체도 않으시더니, 소가 숨을 헐떡이는 것은 어찌 물으십니까?" "패싸움은 경조윤京兆尹이 법으로 처리하면 그뿐, 승상이 관여할 문제가 아니다. 봄이라 아직 덥지 않은데, 소가 저리 땀을 흘리고 숨을 헐떡이니, 날씨가 절기를 벗어난 것이다. 이 때문에 사람이 상할까 염려해 그랬다. 재상은 음양의 조화를 근심할 뿐 길에서 일어난 일은 묻지 않는다." 관리들이 탄복했다.

장관을 실무자 취급하는 대통령, 모든 일을 직접 다 챙겨야 직성이 풀리는 CEO, 다 민망한 풍경이다. 식소사번食少事煩! 일은 많고 성과는 적다. 불필친교不必親校! 직접 할 일과 맡길 일이 따로 있다.

육자비결

벼슬길에 임하는 여섯 글자의 비결

|

六字秘訣

옛날 소현령蕭縣令이 선인仙人 부구옹浮丘翁에게 고을 다스리는 방법을 물었다. 부구옹이 말했다. "내게 여섯 자로 된 비결이 있네. 사흘간 재계齋戒하고 오면 알려 주지." 사흘 뒤에 찾아가니 세 글자를 알려 주었다. 모두 '염廉'자였다. "청렴이 그렇게 중요합니까?" "하나는 재물에, 하나는 여색女色에, 나머지 하나는 직위에 적용해 보게." "나머지 세 글자는 무엇입니까?" "다시 사흘간 재계하고 오게나." 사흘 뒤에 다시 갔다. "정말 듣고 싶은가? 나머지 세 글자도 염, 염, 염일세." "정말 청렴이 그다지도 중요합니까?" "자네 거기 앉게. 청렴해야 밝아지네. 사물이 실정을 숨길 수 없게 되지. 청렴해야 위엄이 생기는 법. 백성들이 명을 따르게 된다네. 청렴해야 강직할 수 있네. 상관이 함부로 하지 못하게 되지. 이래도 부족한가?" 현령이 벌떡 일어나 두 번 절하고 허리띠에 염 자를 여섯 개 써서 즉시 길을 떠났다. 다산이 벗의 아들인 영암군수 이종영李鍾英에게 준 글에 나온다.

김안국金安國의 친구 황모黃某가 재물 욕심이 대단했다. 집도 지나치게 사치를 부려 크게 지었다. 주위에서 온통 비난하는데도 본인은 조금도 개의치 않았다. 김안국이 그에게 편지를 썼다.

자네나 나나 산대야 고작 10여 년인데, 무슨 욕심이 그리 많은가? 사는 데 꼭 필요한 물건은 열 가지 뿐이라네. 들어 보겠나? 책한 시렁, 거문고 한 개, 친구 한 명, 신 한 켤레, 베개 한 개, 창문하나, 마루 하나, 화로 한 개, 지팡이 한 개, 나귀 한 마리일세. 자네가 내 친구가 되어 주게.

『송재잡설松齋雜說』에 보인다.

갖은 방법으로 재물을 긁어모으고도 역량을 인정받아 집권당의 차기 공천까지 받은 현직 군수는 비리가 들통 나자 아예 위조 여권으로 달아나려다 들켜 다시 도망갔다. 아침 신문을 열 때마다 비슷한 소식이 하나씩 추가된다. 그래서인가? 도처에 나붙은 선거 포스터 속 입후보자들의 사진이 실례의 말이지만 모두 도둑놈 얼굴 같다. 남의 잘못은 용서 없던 검사들이 갖은 뇌물과 향응에 성 접대까지 당연한 권리인 듯 받았다.

다산은 한탄한다. 목민자牧民者가 백성을 위해서 있는 것인가, 천만에. 백성이 목민자를 위해서 있다. 백성은 예나 지금이나 고혈과 진액을 짜내 목민자를 살찌우기 바쁜 것이다. 아! 이제 청렴은 무능과 동의어가 되었다.

세류서행

군기는 장수의 위엄에서 나온다

—

細柳徐行

한漢나라 문제文帝 때 얘기다. 흉노가 쳐들어왔다. 황제는 유례劉禮를 패상霸上에, 서려徐厲를 극문棘門에, 주아부周亞夫를 세류細柳에 주둔케 했다. 황제가 직접 군문을 순시했다. 패상과 극문은 수레를 몰고 달려 들어가자 장수와 기병이 뛰어나와 맞았다.

세류에 당도했다. 선두가 들어가려 하니 문 지키는 군사가 활시위를 매긴 채 수레를 제지했다. 선두가 화를 냈다. "천자의 행차시다. 길을 열지 못할까?" 군문도위軍門都尉가 말했다. "군문에서는 장군의 명을 듣고 천자의 명은 듣지 않습니다." 천자가 사신에게 지절持節을 주어 주아부에게 보내 자신이 위로 차 온 것을 알렸다. 주아부가 군문을 열게 했다.

군문을 들어서니 이번에는 벽문壁門의 군사가 천자의 거기車騎를 막아섰다. "장군의 명령입니다. 군중에서는 빨리 달릴 수 없습니다." 하는 수 없이 고삐를 잡아 천천히 갔다〔按轡徐行〕. 측근들이 놀라 경악했다. 그게 끝이 아니었다. 중영中營에 당도했다. 그제야 주아부가 나와 황제를 맞았다. "갑옷 입은 군사는 절을 올리지 못합니다. 군례軍禮로 뵙겠나이다." 그러면서 배례拜禮하지 않고 뻣뻣이 서서 읍례揖禮만 올렸다. 천자가 낯빛을 고쳐 예를 갖춰 노고를 치하한 후 돌아왔다.

군문을 나선 뒤 모두들 주아부의 무례를 두고 펄펄 뛰며 분개했다. 황제가 말했다. "그가 진짜 장군이다. 앞서 두 곳은 아이들 장난일 뿐이다." 이후 세류영細柳營, 또는 유영柳營은 장군이 머무는 군영을 뜻하는 표현으로 굳어졌다. 군기軍紀는 장수의 위엄에서 나온다.

지휘관은 병사들에게 군기를 내맡긴다. 저희들끼리 온갖 폭력을 휘두르고 왕따를 시켜도 알면서 모른 체한다. 손 안 대고 코 풀자는 속셈이다. 문제가 생기면 덮기 바쁘다. 그래도 안 되면 책임을 전가한다. 폭력에 짓눌렸던 신참은 제가 당한 것 이상으로 후임에게 되갚는다. 이런 것이 군대인가? 정작 엄격해야 할 총기 관리는 허술했고, 인사관리는 엉망이었다. 시스템은 아예 작동되지 않았다. 잡겠다는 귀신은 안 잡고 제 동료만 잡는 꼴이다. 생떼 같은 자식을 군대에 보낸 부모의 속이 새까맣게 타들어 간다. 세류영의 기강을 어디서 찾을까? 주아부 같은 장수는 어디에 있나?

거망관리

분노를 잠깐 잊고 이치를 살펴보라

遽忘觀理

맹자가 양혜왕梁惠王을 어렵사리 만났다. 왕이 심드렁하게 물었다. "먼 데서 오셨구려. 또한 뭘로 우리나라를 이롭게 하려는가?" '또한' 이란 표현 속에 너 말고도 날마다 숱한 인간들이 와서 유세하는데, 네 카드는 뭐냐? 빨리 말하고 나가 봐라 하는 마음이 담겨 있다. 여기서 상투적인 부국강병의 방책을 꺼내들면 1분도 못 가서 알았으니 그만 됐다는 대답이 기다리고 있을 뿐이다. 맹자가 삐뚜름하게 대답한다. "놀랍게도 왕께서는 이로움을 말씀하시는군요. 다만 인의仁義가 있을 뿐입니다."

양혜왕이 요놈 봐라 하는 표정을 짓는다. 맹자가 타이밍을 놓치지 않고 말한다. "생각해 보십시오. 왕께서 뭘로 우리나라를 이롭게 할까 하시면, 대부는 어떻게 우리 집안을 이롭게 하겠지요. 그러면 일반 백성은 뭘로 내 몸을 이롭게 할까 할겁니다. 상하가 서로 이익을 다투면 나라가 위태로워질 것입니다." 왕이 나라 창고를 채우려 들면 그 재원이 대부에게서 나온다. 대부의 재물은 또 일반 백성에게서 거둔 것이다. 임금은 대부에게 뺏어 나라 창고를 채우고, 대부는 그만큼 더 백성을 을러 제 잇속을 챙긴다. 백성들은 속절없이 제 가진 것을 다 빼앗겨 원망을 품는다.

이익은 원망을 낳고, 원망은 화를 부른다. 인의仁義의 원칙 없이 이익의 원리로 움직이면 끝내 아무도 승복하지 않는다. 원수를 갚는 일도 다를 것이 없다. 복수는 복수를 부르고, 그 연쇄의 사슬은 죽음으로도 끝나지 않는다. 당한만큼 갚는다는 것은 또 다른 보복의 시작일 뿐이다.

정자程子가 말했다.

성날 때를 당하면 급히 그 분노를 잊고
이치의 옳고 그름을 살펴보라.
當其怒時, 遽忘其怒, 觀理之是非.

거망관리遽忘觀理! 즉 잠깐 분노를 접고 사리를 따져 보라는 가르침이다. 한때의 분을 풀어 얻는 것은 잠깐의 통쾌함 뿐이다. 대신 백 날의 긴 근심이 뒤따라온다. 이런 것이 개인이 아니라 국가의 판단이라면 더 신중해야 마땅하다. 미군 특공대가 빈 라덴을 저격하는 장면을 국가의 수뇌가 모여 실황 중계로 지켜보았다. 여기에 무슨 인의가 있는가? 미국도 그랬는데 우리라고 못할까. 저놈도 하는데 나라고 못할까. 이제부터 무차별한 복수와 이익의 논리가 사리의 옳고 그름을 떠나 천하에 횡행하게 될 것을 염려한다.

불여류적

잡은 적을 놓아주어 쓸모를 남겨 둔다

|

不如留賊

천하를 통일한 뒤 한 고조는 1등 공신 한신韓信을 권력에서 밀어내고 역모로 몰아 죽였다. 죽기 전 그가 한 말이 이렇다. "과연 그렇구나. 교활한 토끼가 죽고 나면 사냥개를 삶고, 새를 다 잡으면 활을 넣어 둔다더니, 적국을 깨뜨리고 나자 모신謨臣을 죽이는구나." 잡을 토끼가 모두 사라지면 사냥개는 삶아지는 신세를 면치 못한다. 일 없어진 사냥개가 주인을 물까 염려해서다.

당나라 말엽, 황소黃巢가 반란을 일으켰다. 초토사招討使 유거용劉巨容이 거짓 패한 체 달아나자 황소가 속아 추격했다. 매복을 두어 역습하니 황소가 대패하여 강동으로 달아났다. 여러 장수가 승세를 몰아 추격해서 이참에 궤멸시키자고 했다. 유거용이 제지했다. "조정에 어려운 일이 많고 사람에게 힘든 일이 있으면 관리에게 상 주는 것을 아끼지 않는다. 일이 끝나면 바로 잊고 마니, 적을 남겨 둠만 못하다〔不如留賊〕." 그는 한신의 교훈을 깊이 새겨 두었던 것 같다. 하지만 곧이어 황소가 다시 세력을 크게 일으키는 바람에, 그 또한 죽음을 면치 못했다.

명나라 말, 이자성李自成이 반란을 꾀했다가 거상협車箱峽 협곡에 갇혀 궤멸 위기에 처했다. 이자성이 큰 뇌물로 거짓 항복을 청했다. 토벌 책임자 진기유陳奇瑜는 사태를 낙관하여 뇌물을 받고 짐짓 퇴로를 열어 주었다. 이자성은 간신히 살아나와 약속을 저버리고 군사를 정돈한 뒤 파죽지세로 북경까지 쳐들어갔다. 진기유는 제 잘못을 남에게 뒤집어씌웠다가 결국 죄를 입어 탄핵당했다. 이 일로 명나라는 재기불능 상태에 빠졌다. 숭정제崇禎帝는 결국 황궁 뒷산에 올라가 나무에 목매달아 자살했다.

다 잡은 적을 일부러 놓아주는 것은 쓸모를 과시하려는 마음 때문이다. 쓸모를 남겨야 자리를 지킬 수 있다. 하지만 놓아줄 때는 분명히 토끼 한 마리였는데, 어느새 범이 되어 사냥개를 물어죽이기도 한다. 토끼를 다 잡아 힘을 뽐낼 것인가? 상대를 남겨 두어 내 값을 올릴 것인가? 자칫 다 잡았다간 삶아질 것이 두렵고, 남겨 두어 값을 올리려니 뒤통수를 맞을까 걱정이다. 이 사이의 가늠이 또한 미묘하다.

노량작제

노량에서 두터운 비단옷을 생산하다

───

魯梁作綈

    제환공齊桓公이 이웃 나라 노량魯梁에 눈독을 들였다. 관중管仲이 말했다. "우선 공께서 먼저 제견綈絹 즉 두터운 비단옷으로 갈아입으신 뒤, 신하들도 모두 입게 하십시오. 백성들이 따라 입게 될 것입니다." 제견은 노량에서만 나는 특산물이었다. 관중은 노량의 장사꾼을 따로 불렀다. "제견 1천 필을 가져오게. 황금 3백 근을 주지. 앞으로 우리 제나라에서 제견의 수요가 많이 늘어날 테니 그리 알게."

    노량 사람들은 신이 났다. 온 나라가 농사를 포기한 채 제견만 생산했다. 1년이 지났다. 관중이 보고했다. "이제 되었습니다. 노량은 전하의 손에 들어온 것이나 진배없습니다." "다음은?" "제견을 벗고 얇은 비단을 입으소서. 노량과의 교역도 끊으십시오." 다시 10개월이 지나자 노량은 온통 난리가 났다. 제견을 생산하느라 농사일을 돌보지 않아 온 나라가 굶주리고 있었다. 날개 돋친 듯 팔려나가던 제견은 쓸모없이 창고 가득 쌓였다. 제나라에서 10전밖에 안 가는 곡물이 그곳에서는 1천 전을 주고도 살 수가 없었다. 2년 만에 노량 땅의 6할이 제나라로 넘어왔다. 3년째 되던 해에는 노량의 임금이 직접 와서 항복했다. 『관자管子』에 나온다.

정鄭나라 무후武侯가 호胡에 눈독을 들였다. 그는 먼저 자기 딸을 호왕에게 시집보냈다. 어느 날 왕이 신하들에게 물었다. "과인이 다른 나라를 치려 하는데 어디를 먼저 치는 것이 좋을까?" 한 신하가 말했다. "호나라가 좋겠습니다." "내 딸이 그곳으로 시집갔는데, 사위를 치란 말인가?" 무후가 펄펄 뛰며 그 신하를 죽였다. 그 말을 들은 호왕은 완전히 마음을 놓았다. 정나라에 대한 대비를 일체 하지 않았다. 무후는 그 틈에 호나라로 쳐들어가 단번에 빼앗았다. 『손자병법』에 나온다.

가장 환대하는 상대를 덮어놓고 믿었다간 한 입에 자기 나라를 가져다 바칠 일이 생긴다. 당장의 떼돈에 현혹되어 기본을 잃으면 비상시에 헤어날 방법이 없다. 펜타곤 내부를 다 보여 준 환대에 감격할 것 없다. 의회의 동원된 기립박수에 고무될 것도 없다. 저들의 대접이 지극할수록 뭔가 큰 일이 일어나겠구나 하고 대비를 서두르는 것이 맞다. 거품을 빼고 기본을 챙기는 것이 먼저다.

봉인유구

사람만 만나면 손을 내민다

—

逢人有求

전국시대 이극李克은 재상으로 누가 적임인지를 묻는 위문후의 물음에 이렇게 대답했다.

평소에는 친한 바를 보고,
부유할 때는 베푸는 것을 보며,
현달했을 때는 천거하는 바를 보고,
궁할 때는 하지 않는 바를 보고,
가난할 때는 취하지 않는 바를 보십시오.
居視其所親, 富視其所與, 達視其所擧, 窮視其所不爲, 貧視其所不取.

평소 그가 가까이하는 벗을 보면 사람됨을 알 수 있다. 부유할 때 베풀 줄 모르는 자가 궁해지면 못하는 짓이 없다. 아무리 궁해도 해서는 안 될 일이 있고, 아무리 가난해도 취해서는 안 될 것이 있는 법이다. 이 분별을 잃으면 마침내 버린 사람이 되어 손가락질을 받는다.

주자가 말했다.

사람은 염치가 있어야 한다. 부끄러움이 있으면 능히 하지 않는 바가 있다. 이제 사람이 한결같이 안빈安貧하지 못하는 것은 기운이 꺾여 서 있는 다리가 후들거리기 때문이다. 염치를 모르면 또한 무슨 짓인들 못하겠는가?

그리고는 여사인呂舍人의 시를 인용했다.

사람만 만나면 구하곤 하니
그래서 온갖 일 그르친다네.
逢人卽有求　所以百事非

사람은 시련과 역경의 시간에 그 그릇이 확연히 드러난다. 염치없는 인간은 제 몸에 묻은 냄새나는 물건은 못 보고, 남의 몸에 묻은 겨를 보며 야단하는 개와 같다. 그는 남을 해코지해서라도 제 처지를 만회해 보려 한다. 못하는 짓이 없는 것은 제 잘못을 조금도 반성하지 않았다는 증거다. 그는 없는 말을 지어서 분란을 만든다. 남을 공연히 해쳐서 그를 미워하는 자에게 환심을 사려 든다. 그것으로 상황을 돌려 보려 한다.

성대중이 말했다.

아등바등 구차하게 먹는 것만 찾는 자는 짐승과 다를 게 없다.
눈을 부릅뜨고 내달리며 이익만 쫓는 자는 도적과 한가지다.
잔달고 악착같이 사사로움에 힘쓰는 자는 거간꾼과 꼭 같다.
아웅다웅 헐뜯으며 삿된 것만 따르는 자는 도깨비와 진배없다.
울끈불끈 나대면서 기세만 믿는 자는 오랑캐와 마찬가지다.
재잘재잘 떠들면서 권세에만 빌붙는 자는 종이나 첩과 같다.

營營苟苟, 惟食是求者, 未離乎禽獸也.
盰盰奔奔, 惟利是趨者, 未離乎盜賊也.
瑣瑣齪齪, 惟私是務者, 未離乎駔儈也.
翕翕訿訿, 惟邪是比者, 未離乎鬼魅也.
炎炎顚顚, 惟氣是尙者, 未離乎夷狄也.
詹詹喋喋, 惟勢是附者, 未離乎僕妾也.

사람이 짐승이나 도적같이 굴어서야 되겠는가? 오랑캐처럼 날뛰고,
첩이나 거간꾼처럼 못된 궁리만 일삼아서야 되겠는가? 결국은 제 도
끼로 제 발등을 찍어 온갖 일이 어긋나고 만다. 아! 안타깝다.

덕위상제

덕과 위엄은 균형을 잡아야만

|

德威相濟

 장수를 흔히 지장智將과 덕장德將, 맹장猛將으로 나눈다. 지장은 불가기不可欺니 속일래야 속일 수가 없다. 덕장은 불인기不忍欺라 속일 수는 있지만 차마 못 속인다. 맹장은 불감기不敢欺라 무서워서 감히 못 속인다.

 지장은 위낙에 똑똑해서 스스로 판단하고 처방해서 이상적인 방향으로 조직을 이끈다. 이성적인 판단으로 상황을 장악한다. 대신 조직은 리더의 결정만 쳐다보고 있어 수동적이 된다. 능력으로 판단하므로 인간미가 부족하고 구성원 간의 결속력이 약하다. 때로 리더의 판단이 잘못되면 조직 전체가 심각한 위기에 빠지기도 한다.

덕장은 품이 넓어 아래 사람의 의견에 귀를 기울일 줄 안다. 부드럽게 감싸 안아 조직을 융화시킨다. 자신을 내세우지 않아 조직의 존경을 한 몸에 받는다. 하지만 자칫 줏대 없이 사람 좋다는 소리나 듣기 딱 좋다. 덕만 있고 위엄이 없으면 속없이 잘해 줘도 나중엔 아래에서 기어오른다. 중심을 잘 잡아 주지 않으면 조직이 우왕좌왕 목표를 잃기 쉽다.

맹장은 불같은 카리스마로 화끈하게 조직을 장악해서 자신이 원하는 방향으로 몰고 간다. 일사불란한 장점은 있지만 아래 사람이 좀체 기를 펼 수가 없다. 방향이 잘못되었을 경우 대책 마련이 어렵다. 비상시라면 몰라도, 평상시에는 조직의 창의성이 발휘되지 못한다. 때로 놀라운 성과를 내서 기염을 토한다. 늘 그렇지 못한 것이 문제다.

지장과 맹장은 위엄만 있고 덕이 부족한 경우가 많다. 덕장이 위엄까지 갖추기란 쉽지 않다. 덕장은 인화를 바탕으로 원만한 성과를 이룬다. 지장과 맹장은 자기 확신이 강해 아래 사람의 생각을 무시하는 경향이 있다. 큰 문제도 큰 성공도 종종 이들이 이끄는 상명하달上命下達의 조직에서 일어난다. 하지만 결과는 반반이라 위험 부담이 크다.

속일래야 속일 수 없는 지장은 인간미가 없다. 차마 못 속이는 덕장은 민망한 구석이 있다. 감히 못 속이는 맹장은 너무 사납다. 이 셋 중 어디에도 속하지 못한다면 그것은 무능한 것이니 족히 말할 게 못 된다. 덕위상제德威相濟! 문제는 덕과 위엄의 조화다. 덕만으로는 안 되고 위엄만 내세워도 못 쓴다. 가슴과 머리와 실력이 균형을 갖춰야 한다. 좋은 것만 찾으면 할 수 있는 일이 없고, 모험만 즐기면 뒷감당이 어렵다.

구차하게 모면하고 미봉으로 넘어간다

苟且彌縫

연암 박지원이 병중에 붓을 들었다. 먹을 담뿍 찍어 빈 병풍에다 여덟 글자를 크게 썼다. "인순고식因循姑息. 구차미봉苟且彌縫." 그리고 말했다. "천하만사가 이 여덟 글자 때문에 어그러지고 무너진다." 아들 박종채朴宗采가 아버지 연암의 기억을 기록한 『과정록過庭錄』에 보인다.

연암은 이 말을 즐겨 썼다. 「한민명전의限民名田議」에서도 이렇게 말했다.

큰 근본이 무너져서 백성의 뜻이 불안하게 되면 요행의 길에서 벗어나지 않음이 없다. 위에서 통치의 계책을 날마다 부지런히 내

놓아도 마침내 인순고식으로 돌아감을 면하지 못한다. 아래에서 명을 받드는 것도 아침저녁으로 이랬다 저랬다 하여 또한 구차미봉에 그치고 만다. 이것은 진실로 천하의 보편적 근심이다.

大本旣壞, 而使民志不定, 莫不出於僥倖之途. 上之所以出治者, 日不暇給, 而卒未免因循姑息之歸. 下之所以承令者, 朝不慮夕, 而亦不過苟且彌縫而止. 此固天下之通患.

세상일은 쉬 변한다. 사람들은 해 오던 대로만 하려 든다. 어제까지 아무 일 없다가 오늘 갑자기 문제가 생긴다. 상황을 낙관해서 그저 지나가겠지, 별일 없겠지 방심해서 하던 대로 계속하다 일을 자꾸 키운다. 이것이 인순고식이다. 당면한 상황은 갑자기 생긴 것이 아니다. 인순고식의 방심이 누적된 결과다. 차근차근 원인을 분석해서 정면돌파해야 한다. 하지만 없던 일로 하고 대충 넘기려 든다. 문제가 해결되지 않고 차곡차곡 쌓인다. 어쩔 수가 없으니 한 번만 봐달라는 것이 구차苟且다. 그때그때 대충 꿰매 모면해서 넘어가는 것은 미봉彌縫이다. 그러다가 한꺼번에 터지면 손쓸 방법이 없다.

서명응徐命膺(1716-1787)도 「여측편蠡測篇」에서 이렇게 말했다.

허물은 꾸며서 가리면 안 된다. 꾸미려 들면 내 마음을 크게 해친다. 하물며 구차미봉 하면 앞서의 허물을 바로잡기도 전에 다음 허물이 잇따라 이르러 마침내 수습할 수 없는 지경이 된다. 그런 뒤에 이리저리 고민해 봤자 한갓 몸과 마음을 지치게 할 뿐이다.

過不可以文之. 纔欲文之, 其害吳心術大矣. 況苟且彌縫之際, 前過未補, 後過隨至, 及其終不可收拾. 然後反復懊惱, 徒自累其心體.

나라 일이 꼭 이 모양이다. 한동안 신공항 문제로 시끄럽더니, 지난번엔 과학벨트 때문에 난리였다. 번번이 정면 돌파가 아니라 구차미봉으로 덮기에 급급하다. 울며 보채면 떡 하나씩 주고 참으라고 한다. 없던 일로 하자고 한다. 중앙의 일처리가 이러니, 지역은 시끄럽게 떠들어서라도 요행을 바란다. 그래야 떡 하나라도 챙길 것이 아닌가. 당초의 좋던 취지는 무색해지고, 없던 문제를 만들어 키운다. 좋은 일 하고 욕만 먹는다. 인순고식도 문제지만 구차미봉은 더 심각하다.

자화자찬

제 입으로 하는 칭찬

———

自畫自讚

강세황姜世晃(1713-1791)은 여러 폭의 자화상을 직접 그렸다. 그 가운데 걸작으로 꼽는 것이 70세 때인 1782년에 직접 그린 것이다. 그런데 그 차림이 묘하다. 머리에는 관리가 쓰는 관모를 썼고, 몸에는 관복이 아닌 야인의 도포 차림이다. 초상화 상단에는 직접 짓고 쓴 찬讚이 적혀 있다.

그 내용은 이렇다.

　저 사람은 누구일까?
　눈썹 수염 하얗구나.

오사모烏紗帽를 쓰고서
야복野服을 걸쳤다네.
산림山林에 마음 두고,
조정에 이름 둠을 알 수 있다네.
가슴속엔 기이한 책 간직해 두고,
붓으로는 오악을 뒤흔드누나.
남들이야 어이 알리,
나 혼자서 즐길 뿐.
옹의 나이 칠십이요,
옹의 호는 노죽露竹이다.
그 초상은 직접 그리고,
찬도 직접 지었다네.

彼何人斯　鬚眉皓白
頂烏帽披　野服於以
見心山林　以名朝籍
胸藏二酉　筆搖五嶽
人那得知　我自爲樂
翁年七十　翁號露竹
其眞自寫　其贊自作

　　말 그대로 자화자찬自畵自讚에 해당한다. 찬은 그 대상을 기려 칭송
한 글이다. 일반적으로 부정적인 내용이 없고 칭찬의 뜻만 있다. 자기
가 자기 얼굴을 그려 놓고 제 입으로 또 칭송하는 글을 썼다. 그런데

그 자부의 핵심을 관모를 쓰고 야복을 걸친 모습에 두었다. 그는 66세 나던 1778년에 문신 정시廷試에서 장원으로 뽑혀 종2품 가의대부嘉義大夫에 올랐고 1781년에 호조참판이 되었다.

머리에 쓴 관모는 현재 자신이 벼슬길에 몸담고 있음을 나타내 주는 최소한의 징표다. 하지만 관복 대신 야복을 입힘으로써 정신의 추구만은 산림山林에 있음을 드러내 보였다. 내 비록 관부에 적籍을 걸어 두고 있지만, 언제나 산림 선비의 청정한 정신으로 산다. 이것이 강세황이 이 자화상에서 가장 드러내고 싶었던 지점이다. 이는 71세 때 화가 이명기李命基가 그린 것으로 알려진 그의 공식적인 초상화가 관복과 관모를 입은 모습을 한 것과 견줘 봐도 분명하다.

지난해 취임 3주년을 맞은 대통령이 비서관들을 모아 놓고 "우리가 세운 업적을 너무 자랑하지 말라"고 했대서 화제였다. 맥락이 있어 나온 언급이겠지만 구제역이다 뭐다 해서 나라가 온통 뒤숭숭한 판에 나온 이 말의 방점이 '너무 자랑 말자'의 겸손에 있는지, '우리가 세운 업적'에 대한 자찬에 있는지 많이들 헷갈렸던 듯하다. 예전에 자화자찬은 지금처럼 단순히 제 자랑의 의미로만 쓰는 말이 아니었다. 스스로에 대한 자부와 긍지를 담았다. 살아 있는 정신의 표정이 있었다.

彼何人斯鬚眉皓白
頂烏帽披野眼花以
見心山林而名朝籍
胸藏二酉華搖五嶽

人那浮知我自寫紫
翁年七十翁鬚露竹
其真自寫其贊自作
歲在玄戰攝提格

강세황, 「자화상」, 비단에 색, 88.7×51.0cm, 국립중앙박물관 소장
자기가 직접 그리고 찬까지 직접 썼다.

통하면 안 아프고, 안 통하면 아프다

不通則痛

통즉불통通則不痛, 불통즉통不通則痛은 한의학에서 늘상 하는 말이다. 통하면 안 아프고, 안 통하면 아프다. 병이 들었다는 것은 기氣가 막혀 통하지 않는 상태를 말한다. 기가 원활하게 흐르면 아픈 데가 없다. 흐름이 막히면 제때 뚫어 줘야 한다. 그렇지 않으면 옆으로 터지거나 넘쳐흐른다. 지난여름 큰 비에도 그랬다. 막혀서 안 통하면 마비가 온다. 마비 상태를 불인不仁하다고 한다. 막힌 것은 어질지 않은 일이다. 흔히 도인술導引術이니 추나요법推拿療法이니 하는 것은 막힌 기운을 강제로 끌고 당기고 밀어서라도 통하게 만든다는 원리다.

통불통通不通에 따라 통불통痛不痛이 나뉘는 것은 육체만이 아니다.

사회의 기는 언로言路로 소통된다. 언로가 막히면 기의 흐름이 끊긴다. 달고 기름진 음식만 찾으면 성인병에 걸린다. 듣기 좋은 소리만 들으려다 소통이 단절된다. 힘들어도 운동을 하고 나면 몸이 개운하다. 거슬려도 쓴소리에 귀를 기울이니 갈등이 사라진다.

세종 임금께서 병으로 누웠다. 내시들이 무당의 말을 듣고 성균관 앞에서 치성을 드렸다. 유생들이 들고 일어나 무당을 내쫓았다. 화가 난 내시가 임금에게 고해바쳤다. 세종께서 자리에서 벌떡 일어나시더니 말씀하셨다. "내가 늘 선비를 기르지 못함을 걱정했는데, 이제 사기士氣가 이와 같으니 무얼 근심하랴. 그 얘길 들으니 내 병이 다 나은 듯 개운하다." 오히려 이렇게 선비들의 사기를 진작시켜 주었다. 『동각잡기東閣雜記』에 나온다.

성종 때 일이다. 임금이 갑자기 승지와 사관史官, 육조와 삼사三司에 붓 40자루와 먹 20개씩을 각각 내렸다. "이것으로 내 잘못을 써서 올려라. 신하가 감히 살펴 바른 길로 이끄는 자를 직신直臣이라 하고, 아양을 떨며 잘한다고 하는 자는 유신諛臣, 즉 아첨하는 신하라 한다. 너희는 나의 직신이 되어 다오." 이익은 『성호사설』에서 이 일을 두고 이렇게 적었다. "임금이 바른 말 구하는 정성이 이와 같으니, 받은 자가 침묵하려 해도 마음이 편안치 않을 것이고, 아첨하는 말을 하려다가도 마음이 부끄러울 것이다."

도처에 불통이라 안 아픈 데가 없다. 이해를 거부하고 오해만 탓한다. 듣지는 않고 제 말만 한다. 꽉 막힌 상태로 큰물이 지면 강물은 제 길을 잃고 마을을 덮친다. 흙탕물 천지가 된다.

토붕와해

구들이 내려앉고 기와가 부서지다

土崩瓦解

1529년, 중종의 정국 운영이 난맥상을 빚자 대사간 원계채元繼蔡 등이 상소문을 올렸다. 요지는 이렇다. 나라 일이 토붕와해土崩瓦解의 상황인데도 임금이 끝내 깨닫지 못하면 큰 근심을 자초한다. 임금이 통치의 근본은 잊은 채 자질구레한 일이나 살피고, 번잡한 형식과 세세한 절목은 따지면서 큰 기강을 잡는 일에 산만하면, 법령이 해이해지고 질서가 비속해진다. 밝은 선비가 바른 말로 진언해도 듣지 않다가 큰 일이 닥쳐서야 비로소 후회한다. 이는 고금에서 흔히 보는 일이다.

이렇게 일반론으로 운을 뗀 후, 이어 임금에게 직격탄을 날렸다. 전하는 즉위 초에는 정성으로 덕을 닦고, 세운 뜻도 굳었다. 하지만 근년에는 일마다 고식적인 것을 따르고, 구차한 것이 많다. 본원本源이 한 번 가려지면 백 가지 일이 다 그릇되고 만다. 전하께서 엄하게 다스리려 해도 요행으로 은혜를 얻은 자들이 인척의 힘을 빌어 못된 짓을 한다. 또 간언을 올리면 성내는 뜻을 드러내므로 진언하는 사람이 하고 싶은 말을 다 하지 못한다. 이 틈을 타 인연을 맺은 무리들이 요행을 바라는 버릇을 더욱 제멋대로 행하니, 이래서야 나라꼴이 되겠느냐고 했다.

토붕와해는 흙, 즉 지반이 무너져서 기와가 다 깨진다는 뜻이다. 서락徐樂은 한무제漢武帝에게 올린 상소문에서 토붕土崩과 와해瓦解를 구분했다. 그는 천하의 근심이 토붕에 있지 와해에 있지 않다고 보았다. 토붕은 백성이 곤궁한데도 임금이 구휼하지 않고, 아래에서 원망하는데도 위에서 이를 모르며, 세상이 어지러운데도 정사가 바로 서지 않아, 나라가 어느 한순간에 와르르 무너지는 것을 말한다. 와해는 권력자가 위엄과 재력을 갖추고도 제 힘을 믿고 제 욕심만 채우려다 제풀에 꺾여 자멸하고 마는 것이다. 『사기』「주보언열전主父偃列傳」에 나온다.

지반이 무너지거나 구들장이 꺼지면, 지붕마저 내려앉아 기왓장이 산산조각 난다. 지반이 탄탄한데 지붕이 주저앉는 경우는 드물다. 근본과 기강이 서고 백성이 제자리를 잡고 있다면 와해는 염려하지 않아도 된다. 하지만 바닥이 통째로 주저앉는 토붕의 경우는 손 쓸 방법이 없다. 집이 무너져 가는데 문패나 바꿔 다는 미봉책彌縫策이나, 위기의 본질을 외면한 채 언 발에 오줌 누기 식의 고식지계姑息之計로는 상황을 돌이킬 수가 없다.

징비후환

지난 일을 경계 삼아 뒷근심을 막는다

懲毖後患

활을 들면 좀먹은 부스러기가 술술 쏟아지고, 화살을 들자 깃촉이 우수수 떨어진다. 칼을 뽑으니 칼날은 칼집에 그대로 있고 칼자루만 쑥 뽑혀 나온다. 총은 녹이 슬어 총구가 꽉 막혔다. 다산 정약용이 「군기론軍器論」에서 당시 각 군현에 속한 무기고의 상황을 묘사한 대목이다. 갑작스런 환난이 닥쳤을 때 온 나라가 맨손뿐인 형국이니, 이는 외적 앞에 군대를 맨몸으로 내보내는 것과 같다고 했다. 지금 당장 위급한 상황이나 눈앞의 근심이 없다 하여 군대에 제대로 된 시스템이 작동하지 않는다면 어찌 위난에서 나라를 지켜 낼 수 있겠느냐고 질책했다.

또 근세에 남의 나라를 치려는 자는 기이한 기계와 교묘한 물건을 만들어, 한 사람이 만 명의 목숨을 앗아가고, 가만히 앉아서 남의 성을 무너뜨린다. 중국과 일본은 엄청난 화력을 지닌 홍이포紅夷砲를 이미 오래 전부터 사용하고 있다. 전쟁이 일어나면 이들은 이러한 군기軍器를 앞세워 다시 쳐들어올 것이다. 그런데도 조선의 군사 훈련이란 것은 활고자가 벗겨지고 살촉도 없는 화살로 백 보 밖에 과녁을 세워 놓고 이를 맞추게 하는 것이 고작이다. 맞추면 절세의 묘기라고 찬탄하니 이 얼마나 순진하고 소박하며 사리를 분간하지 못하는 짓인가 하고 통탄했다.

유성룡은 임진왜란이 끝난 후 『징비록懲毖錄』을 남겼다. 징비는 『시경』의 「소비小毖」편에 나오는 "내가 징계함은 후환을 삼감일세〔予其懲而毖後患〕"는 구절에서 따온 말이다. 책 속에는 일본에 대한 규탄보다 우리 내부 문제에 대한 냉철한 분석과 자기반성이 담겨 있다. 그는 이후 전란의 처절한 체험과 문제점을 살펴, 훈련도감을 설치하고 군사 교본을 새로 마련해 훈련을 조직화하며, 무너진 산성을 수리하는 등 국방의 기틀을 세웠다.

『조선왕조실록』 숙종 38년 4월 22일자 기사에 보면 통신사가 일본에 갔다가 이 책이 그곳까지 흘러들어 가 읽히는 것을 보고 놀라 왜관을 폐쇄해야 한다고 주장하는 내용이 나온다. 선인의 간절한 진단과 처방은 늘 저들이 먼저 연구 분석하고, 우리는 소 다 잃고 나서 외양간 고치느라 항상 바쁘다. 나라가 망한 뒤에 충신을 기린다 한들 무슨 소용이 있겠는가? 의로운 죽음을 찬양하기보다, 평소의 징비를 바탕으로 위기 상황에서도 흔들림 없이 가동되는 시스템을 갖추는 것이 먼저다.

인문을 널리 닦고 인의를 깊게 한다

修文深仁

650년, 재위 4년째를 맞은 신라의 진덕여왕은 당나라 고종 황제의 성덕聖德을 칭송하고 당나라의 태평을 송축하는 시를 지어 직접 비단에 수놓아 바쳤다. 이른바 「치당태평송致唐太平頌」이다. 649년부터는 아예 중국의 의관문물을 그대로 따랐다. 북쪽 고구려와 서쪽 백제의 위협 아래 놓인 신라로서는 당과의 협력 관계가 절실했다.

시의 서두는 이렇게 시작한다.

대당大唐이 큰 왕업 활짝 여시니
우뚝하다 황제의 꾀 성대하구나.
전쟁 그쳐 군사는 안정이 되고
문文을 닦아 백왕百王을 계승하셨네.

천하 통일 은택 베풂 우뚝도 하고
다스림은 법도를 체득하셨지.
어짊 깊어 해와 달과 조화 이루고
운運을 잡아 시절 강녕 지키시었네.

大唐開洪業　巍巍皇猷昌
止戈戎衣定　修文繼百王
統天崇雨施　理物體含章
深仁諧日月　撫運護時康

　한결같이 황제의 덕을 높여 충성을 맹세했다. 정성껏 수놓은 시를 받아든 고종은 몹시 흐뭇했다. 사신으로 간 법민을 대부경大府卿에 임명했다. 신라는 이해 처음으로 독자적 연호를 버리고, 중국의 연호를 받아들였다.

　막상 시의 행간을 가만히 살펴보면 당나라가 실제 이렇다는 것이 아니라 이렇게 해 주기를 바란다는 희망 사항에 더 가깝다는 느낌이다. 특히 4구의 수문修文과 7구의 심인深仁에 눈길이 간다. 수문은 문치文治를 닦는다는 뜻이니, 무력행사를 접고 이제 인문人文의 통치를 열어 달라는 당부다. 심인은 인仁을 깊게 함이다. 실천에 있어 도덕성에 대한 요구를 담았다. 대국답게 힘의 논리가 아닌 포용과 화합으로 도덕적 기준에 맞춰 평화의 세상을 이룩하는 데 선도적 역할을 해 달라는 뜻을 담았다. 수문은 자신감을 전제한다. 수문이 다시 심인의 결과를 낳는다. 우리가 힘세고 돈 많으니 까불지 말라고 윽박지르는 것은 수문심인修文深仁과는 거리가 멀다.

욱일승천하던 대제국 당나라에 건넨 당시 신라의 메시지는 오늘에도 새삼 음미할 구석이 있다. 최근 들어 중국의 목소리에는 부쩍 힘이 들어가 있다. 안하무인의 오만이 느껴진다. 옳고 그름을 떠나 북한만 무작정 감싸고도는 태도가 그렇고, 지난번 다이빙귀 국무위원의 외교적 무례에서도 그런 느낌을 가졌다. 지난해 노벨평화상 수상을 둘러싼 해프닝을 보면서도 대국인 줄 알았던 중국의 협량狹量에 새삼 놀랐다.

지칭삼한

그저 세 가지가 한가로워졌을 뿐

|

只稱三閒

최규서崔奎瑞가 전라감사로 있을 때 일이다. 호남에서 막 올라온 사람이 있었다. 영의정 최석정崔錫鼎이 그를 불러 물었다. "그래 전라감사가 백성을 어찌 다스리던가?" 그 사람이 대답했다. "별 일이 없던걸요. 하지만 남쪽 백성들이 다만 세 가지가 한가로워졌다고들 합니다〔只稱曰三閒〕." "그게 뭔가?" "고소장 쓰는 일이 한가롭고, 공방工房이 한가롭고, 기악妓樂이 한가롭다구요."

최규서가 이 말을 전해 듣고 머쓱했다.

저를 지나치게 칭찬한 말이로군요. 호남은 소송 문서 작성하는 일이 많기로 유명합니다. 그래서 고소장이 오면 오는 데로 즉시 제출하게 해서, 바로바로 처리했지요. 덕분에 제가 책을 좀 읽을 여유가 생겼습니다. 혹 가까운 벗이 이곳에서 나는 물건을 청해도 일체 들어주지 않았습니다. 한 번 들어주기 시작하면 뒷감당이 안 되니까요. 음악을 즐기는 것이야 나쁠 게 없으나, 삼가지 않으면 유탕遊蕩에 흐르고 맙니다. 그래서 정도를 넘지 못하게 했을 뿐입니다.

최규서가 쓴 『병후잡록病後雜錄』에 나온다.

신광한申光漢이 문장은 뛰어났으나 실무에는 어두웠다. 형조판서가 되었을 때 사건 판결을 제 때 처리하지 못해, 구류되어 갇힌 사람으로 옥이 넘쳐났다. 옥사를 증축하기를 청하니, 중종이 말했다. "옥사를 증축하느니, 판서를 바꾸는 게 낫겠네." 허자許磁를 대신 임명하자, 금세 옥이 텅 비어 버렸다.

중종 때 정붕鄭鵬이 청송부사가 되었다. 영의정 성희안成希顔은 그와 가까운 사이였다. 편지를 보내 축하한 후, 잣과 벌꿀을 보내 줄 것을 청했다. 얼마 후 답장이 도착했다.

잣나무는 높은 산꼭대기에 있고, 꿀은 민가의 벌통 속에 있습니다. 태수 된 자가 어찌 이를 얻겠는지요.

성희안이 부끄러워하며 사과했다.

급히 해야 할 일은 밀쳐 두고 공연한 일이나 만들고, 윗사람에게 잘 보이려 뇌물이나 보내며, 매일 기생들 불러다 풍악이나 잡히면 정치는 그만 망조가 든다. 일 만들지 않는 것이 바른 정치다. 백성들 한가롭게 하는 것이 바른 정사다. 너무 한가로웠던 구청장은 도박하다가 현장에서 입건되고, 가뜩이나 바쁜 서울 사람들은 도처에 붙은 투표를 하네 마네 하는 현수막 잔치에 짜증이 난다.

용종가소

용모는 꾀죄죄해도 속마음은 맑았다

龍鍾可笑

『삼국사기』 온달 열전은 이렇게 시작된다.

온달은 고구려 평강왕 때 사람이다. 용모가 꾀죄죄하여 웃을 만
했지만〔龍鍾可笑〕, 속마음은 맑았다. 집이 몹시 가난해서 늘 먹을 것
을 구걸해 어미를 봉양했다. 찢어진 옷과 헤진 신발로 저자 사이를
왕래하니, 당시 사람들이 이를 가리켜 바보 온달이라 하였다.

온달은 실상 바보인 적이 없었다. 사람들이 그의 꾀죄죄한 겉모습만
보느라 정작 그의 맑은 속마음을 보지 못했을 뿐이다.

울보 공주가 가출 이후 곡절 끝에 온달과 부부의 인연을 맺게 되었을 때, 공주는 가락지를 빼 주며 말한다. "시장 사람의 말은 사지 마시고, 국마國馬로 병들고 말라 쫓겨난 놈을 골라서 사십시오." 무슨 말인가? 시장 사람의 말은 살지고 번드르해도 수레나 끌기에 딱 맞다. 나라 마구간에서 쫓겨난 말은 혈통은 좋은데 말 먹이는 사람을 잘못 만나 병이 든 말이다. 비루먹어 쫓겨났으나 타고난 자질이 훌륭한 말은, 겉모습은 꾀죄죄해도 속마음은 맑았던 온달과 같다.

중국의 문장가 한유韓愈는 「잡설雜說」에서 이렇게 말했다. "천하에 천리마가 없었던 적은 없었다. 다만 그것을 알아보는 백락伯樂이 없었을 뿐." 백락은 명마를 잘 감별하기로 유명한 인물이다. 그가 하고 싶었던 말은 이렇다. 천하에 인재가 없었던 적은 없었다. 그를 적재적소에 쓸 안목 있는 군주가 없었을 뿐. 번드르한 겉모습만 보고 수레나 끌면 딱 맞을 시장 사람 말을 비싼 값에 주고 사온다. 결국 장수를 태우고 전장을 누비기는커녕 제 배 채울 궁리나 하다가 매를 맞고 쫓겨난다. 이것은 말의 문제인가, 주인의 문제인가?

중국 음식점 배달원은 발도 못 뻗을 좁은 방에 살며 불우한 어린이를 도왔다. 사람들은 그의 맑은 속마음은 못 보고, 철가방 들고 음식 배달하는 꾀죄죄한 겉모습만 보았다. 대통령의 측근들은 잇단 금품 수수 의혹으로 연일 입방아에 오르내린다. 수레나 끌면 딱 맞을 돼지처럼 살진 시장 사람의 말이 저마다 천리마라며 난리를 친다. 안목 없는 주인은 겉만 보고 비싼 돈 주고 덜컥 사온다. 사료 욕심이나 내지 아무 쓸데가 없다. 그 사이에 천하의 준마들은 나라 마구간에서 병들어 쫓겨나, 제 역량을 펼쳐 보지도 못한 채 수레나 끈다. 부끄럽고 슬프다.

까마귀의 암수는 분간하기 어렵다

雌雄難辨

이곡李穀(1298-1351)이 「눌재견화訥齋見和」란 시에서 노래했다.

말 잃고서 진즉에 화복禍福이야 알았지만
까마귀 봐도 암수는 분간할 수 없구나.
失馬已曾知禍福 瞻烏未可辨雌雄

새옹塞翁은 말을 잃고도 슬퍼하지 않았다. 그 말이 암말을 데리고 돌아와도 기뻐하지 않았다. 화복이 서로 갈마들어, 복이 화가 되고 화가 복이 되는 이치를 살펴 알았기 때문이다. 하지만 저 까마귀는 아무리

눈여겨 살펴봐도 누가 암놈인지 수놈인지를 구분할 수가 없다.

까마귀의 암수 구분은 『시경』 「소아小雅」 「정월正月」에 나온다.

  저마다 제가 훌륭하다고 말하지만
  누가 까마귀의 암수를 알겠는가?
  具曰予聖　誰知烏之雌雄

시비의 판단이 쉽지 않다는 비유로 흔히 쓰는 표현이다. 정약용은
이렇게 노래했다.

  궁달은 마침내 한 굴의 개미 되니
  시비는 그 누가 나란히 나는 까마귀를 가릴꼬.
  窮達終歸同穴蟻　是非誰辨竝飛烏

한때의 실의도, 잠깐의 득의도 다 그게 그거다. 한 개미굴에 수천 마
리 개미가 뒤엉기면 궁달窮達의 구분은 방법이 없다. 그래도 못 견딜
것은 옳고 그름의 판단이다. 까마귀의 암수 구분이 어렵다는 구실로
사람들은 제멋대로 옳은 것을 그르다 하고, 그른 것을 옳다고 우겨, 기
리고 헐뜯음을 뒤집어 놓는다. 이덕무도 「우음偶吟」에서 같은 뜻을 담
았다.

  세간의 옳음과 그름이란 것
  까마귀의 암수처럼 분간 어렵네.

世間是與非　難辨雌雄烏

   다들 저밖에 적임자가 없다고 하고 자기만이 해낼 수 있다고 하나, 과연 누가 실상을 알 수 있단 말인가? 선거 때만 되면 검증할 수도 없는 의혹이 난무하고, 흑색선전이 기승을 부린다. 정책 대결은 간 데 없고, 흥신소 수준의 의혹 부풀리기만 횡행한다. 봐 주기가 민망하다. 그 틈에 훼예毁譽를 헝클고, 시비를 뒤집어 보자는 속셈이다.

   격투기 선수는 자기가 운영하는 술집에 온 젊은 여성이 하도 욕을 해서 살짝 밀었다는데, 그 여성은 무지막지한 주먹으로 한 방 맞아 큰 충격을 받았다고 난리다. 둘 다 성을 내며 펄펄 뛴다. 과연 누가 그 시비를 명쾌하게 가려 주겠는가? 설령 시비가 명명백백하게 가려진다 해도 그때쯤이면 득실은 이미 물 건너 간 뒤다.

애여불공

융통성 없는 것과 제멋대로 하는 것

隘與不恭

병자호란 당시 15만의 청나라 군대는 동아시아 최강의 정예였다. 조선의 오합지졸 1만이 군량미도 없는 상태에서 버틸 수 있는 상대가 아니었다. 도탄에 빠진 백성의 삶은 또 어찌 하는가? 최명길이 항복문서를 썼다. 항복은 절대로 안 된다며 왕이 보는 앞에서 김상헌이 이를 찢었다. 최명길이 찢긴 문서를 이어 붙이며 말했다. "찢는 것도 옳고, 줍는 것도 옳다." 최명길은 온갖 욕을 다 먹었고, 김상헌은 일약 영웅이 되었다.

두 사람은 훗날 심양瀋陽의 감옥에서 다시 만났다. 김상헌은 최명길에게 다음과 같은 시를 건네며 긴 오해를 풀었다.

양대에 걸친 우호를 다시 찾아서
백 년간의 의심을 문득 풀었네.

從尋兩世好 頓釋百年疑

  방법이 달랐을 뿐 위국애민의 마음만은 같았음을 인정했다. 한편 김
상헌은 혼자만 깨끗한 척하면서 임금을 팔아 명예를 구한다는 비난을
받았다. 하지만 4년간 청나라 감옥에 갇혀서도 끝까지 강직한 뜻을 굽
히지 않았다. 최명길의 합리적 지성과 툭 터진 금도襟度도 위기의 상황
에서 빛을 발했다. 두 사람은 모두 승자였다.

  백이伯夷는 바른 임금이 아니면 섬기지 않았고, 악인과는 아예 상종
조차 않았다. 무왕武王이 아버지 문왕文王의 상이 끝나기도 전에 포학
한 임금 주紂를 치는 의로운 군대를 일으키자, 그 말고삐를 붙잡고 안
된다며 길을 막았다. 끝내 수양산에 들어가 고사리를 캐 먹다가 굶어
죽었다. 유하혜柳下惠는 더러운 임금도 섬기고, 낮은 관직도 사양하지
않았다. 오로지 맡은 직분에 힘써 백성을 기르는 데 마음을 쏟았다. 사
람들이 자리에 연연하는 것으로 여겨 다른 곳에 가서 벼슬하는 것이
어떻겠냐며 민망해하자 그가 말했다. "너는 너고, 나는 나다. 부끄러
움 없기를 구할 뿐이다." 그는 끝내 부모의 나라를 떠나지 않았다.

  맹자는 둘 다 성인聖人으로 높이면서도 둘을 이렇게 구분했다.

  백이는 속이 좁고, 유하혜는 공손하지 못하다. 속이 좁은 것과
공손하지 못한 것은 군자가 따르지 않는다.

  伯夷隘, 柳下惠不恭, 隘與不恭, 君子不由也.

강경한 원칙론은 속이 후련하지만 무책임하다. 온건한 타협론은 불가피해도 욕먹기 딱 좋다. 백이도 옳고 유하혜도 옳다. 김상헌도 필요하고 최명길도 있어야 한다. 싸울 때 싸워도 위국애민의 진심이 들어있어야 모두 승자가 된다. 허심탄회虛心坦懷 없이는 함께 망한다.

이러지도 저러지도 못하는 상황

跋胡疐尾

광해군 때 폐모론廢母論이 일어나자 영의정 이원익李元翼이 반대했
다. 홍천洪川으로 귀양 간 뒤 다시 여주驪州로 이배移配되어 10년 가까
이 고생했다. 인조반정 당일 인조는 그를 영의정으로 다시 불렀다. 반
정 직후라 민심이 안정되지 않아 여론이 흉흉했다. 이원익이 부름을
받아 가마를 타고 동대문으로 들어서는 것을 본 사람들이 모두 "완평
어른께서 오셨다!"며 기뻐했다. 동요하던 민심이 즉시 안정되었다.

훗날 임금이 국가의 원로로 높여 그에게 궤장几杖을 하사하자, 이를
축하하는 잔치가 열렸다. 이식李植이 하례하는 시를 올렸다. 첫 네 구
절이 이랬다.

풍운의 큰 운세 되돌아오니
조정에서 원로에게 예를 표하네.
서울에선 다투어 절을 올리니
동쪽 살며 오래도록 고생하셨지.

風雲回泰運　廊廟禮高年
自洛爭加額　居東久跋前

넷째 구절의 '발전跋前'은 『시경』 「빈풍豳風」 「낭발狼跋」에서 나온 말이다.

이리가 나아가려다 턱을 밟고
물러서려다간 꼬리 밟아 넘어지네.
공은 큰 미덕을 사양하시니
신으신 붉은 신이 편안도 해라.

狼跋其胡　載疐其尾
公孫碩膚　赤舃几几

발호치미跋胡疐尾는 진퇴양난進退兩難과 같은 뜻으로 쓴다. 호胡는 늙은 짐승의 늘어진 턱 밑 살로 멱미레라 부른다. 늙은 이리가 나아가려다 제 멱미레를 밟아 고꾸라지고, 뒤로 물러나려다 제 꼬리에 밟혀 자빠지고 만다는 뜻이다.

주 무왕이 죽자 어린 성왕成王이 즉위했다. 주공周公이 성왕을 도와 섭정을 했다. 주공이 장차 어린 성왕을 밀어낼 것이란 유언비어가 퍼져, 성왕까지 주공을 의심하기에 이르렀다. 가만있기도 그렇고, 아니라고 변명할 수도 없는 형편이었다. 주공은 조금의 동요 없이 동쪽으로 옮겨가 평상시와 다름없이 태연자약하였다. 「낭발」이란 시는 환난에 임한 주공의 늠연한 태도에 대해 존경하는 마음을 담은 노래다.

나라의 여론이 전부 아니면 전무全無여서 대화도 타협도 실종된 지 오래다. 툭하면 뜬금없는 유언비어로 금세 큰일이라도 날 듯 들끓는다. 물러서면 배신자라 하고, 버티자니 이렇다 할 명분이 없다. 그야말로 발호치미가 따로 없다. 들끓는 시대에 민망民望에 부응할 '완평 어른'을 대체 어디서 만나 볼까?

삼일공사

나라 일이 고작 사흘도 못 간다

|

三日公事

유성룡이 재상으로 있으면서 임진년 당시 신립의 실패를 뼈아프게 여겨, 조령과 죽령 고개에 요새를 설치하고, 탄금대에 성을 쌓게 했다. 또 황해도의 생선과 소금을 강을 따라 산중 고을에 나눠 주고, 값을 쌀로 받아 그 이익으로 군량을 비축케 하는 제도를 시행케 했다. 막 시행하려는 참에 그가 견책을 받아 조정을 떠났다. 제도의 시행도 없던 일이 되었다. 훗날 탄금대를 지나다가, 당시 어염魚鹽을 저장하던 작은 초가집 두어 칸이 그대로 남은 것을 보고 지은 시가 문집에 남아있다.

유성룡이 도체찰사都體察使로 있을 때 일이다. 역리에게 공문을 보내라는 명을 내렸다. 며칠 뒤 공문이 잘못된 것을 알아 고쳐 보내려 했더니, 역리가 며칠 전 보내라고 준 공문을 그대로 들고 왔다. 어째서 여태 안 보냈느냐 묻자, 으레 고칠 줄 알고 안 보내고 들고 있었노라고 했다. 유성룡이 더 나무라지 못했다.

고려공사삼일高麗公事三日이란 말은 원칙 없이 이랬다저랬다 하는 고려의 정령政令이 사흘을 못 간다고 중국 사람들이 비꼬아 한 말이다. 세종도 평안도절제사에게 봉수대 설치를 명하고는, "처음엔 부지런하다가 나중에 태만해지는 것이 사람의 상정이나, 특히 우리 동인東人의 고질이다. 속담에 고려공사삼일이라고 하는데 이 말이 헛말이 아니다"라고 한 바 있다.

사흘이 아니라 아침에 변경한 것을 저녁에 다시 고치는 조변석개朝變夕改도 다반사다. 조삼모사朝三暮四의 화술로 그럴듯한 핑계를 대지만, 결국은 용두사미龍頭蛇尾로 끝난다. 늘 시작은 거창하였으되 끝이 미미한 것이 문제다. 계획만 잔뜩 세워 놓고 실행이 없다. 그 다음 계획 세우기가 더 바쁘기 때문이다.

연암 박지원은 인순고식因循姑息과 구차미봉苟且彌縫을 말했다. 인순因循은 하던 대로 하는 것이요, 고식姑息은 변화를 모르는 융통성 없는 태도다. 여태 문제가 없었으니 앞으로도 괜찮겠지 하는 마음이다. 구차미봉은 그러다가 막상 문제가 생기면 정면돌파할 생각은 않고, 없던 일로 넘어가거나, 어찌어찌 해서 모면해 볼 궁리만 하는 것이다. 실패를 해도 반성은커녕 재수가 없고 운이 나빠 그렇다며 남 탓만 한다. 대학이나 회사 할 것 없이 실행 없는 발전 계획만 무성하다.

대발철시

큰 주발에 밥을 담아 쇠수저로 퍼먹는다

大鉢鐵匙

1698년 제주 어부 강두추姜斗樞 등이 악풍으로 일본에 표류했다. 그곳 관리가 표류민의 짐을 뒤져 사소한 것까지 빠짐없이 하나하나 적어 갔다. 그 모습을 지켜보던 조선인 통사가 "왜놈들은 잗달기가 말로 못합니다" 하며 욕을 했다. 대마도에서 한 일본인 통사가 말했다. "조선은 먹고 입는 것이 풍족하니 참 좋은 나라입니다. 하지만 사람들이 탐욕스럽습니다." "어째 그렇소?" "큰 밥주발에 놋수저로 밥을 퍼먹으니 너무 욕심 사납습니다." 정운경鄭運經의 『탐라문견록耽羅聞見錄』에 나온다.

이익이 『성호사설』에서 이 대목을 인용했다. '대발철시大鉢鐵匙'는 큰 밥주발에 쇠수저란 말이다. 일본 정부는 표류민들에게 매일 일정량의 쌀과 먹거리를 제공했다. 수령한 물품은 심지어 물까지 사인을 받아 갔다. 나중에 조선 정부에 그 비용을 모두 청구했다. 표류민들에게 일본인의 규정 식사량이 성에 찰리 없었다. 일본에서 그들은 늘 배가 고팠다.

아침밥을 먹기 전 나무 한 짐을 불끈 해 놓고, 고봉밥에 김치를 척척 얹어 게 눈 감추듯 먹어 치운다. 둥근 배를 쓰다듬으며 늘어지게 한숨 잔다. 그리고는 또 벌떡 일어나서 들일을 나간다. 당시 일본인들에게 조선인 일꾼들의 이런 식사 모습이 퍽 탐욕스럽게 보였던 모양이다.

큰 재난 앞에 동요 없이 침착한 일본인들을 온 세계가 경이의 눈으로 지켜보았다. 그러던 것이 원전 사태와 구호 과정을 보면서 차츰 실망으로 바뀌었다. 예측을 넘어서는 재난 앞에서는 일사불란하게 작동하던 통상의 매뉴얼이 전혀 먹혀들지 않았다. 그래도 매뉴얼을 못 놓으니 시스템이 멈춘다. 실종자 수색이 안 끝나 길 복구가 늦어지고, 길이 막혀 구호물자가 못 갔다. 구호품을 보내려는 기업이나 자원봉사를 희망하는 개인은 튼실한 재무제표와 건실한 이력서부터 준비해야 했다. 구호품을 쌓아놓고 서류심사하는 사이에 사람들이 죽어나갔다.

몇 해 전 태안 기름 유출 사고 때 전국에서 달려온 자원봉사자로 발 디딜 틈 없던 우리와 달라도 참 많이 다르다. 그때는 온통 난리였다. 관민官民도 없고 시스템도 없었다. 무조건 덮어놓고 달려갔다. IMF 때 금반지 모으기가 그랬고, 일제 때 국채보상운동도 다르지 않았다. 우리는 늘 화끈하고, 저들은 항상 침착하다. 달라도 이렇게 다를까 싶다.

그 침착이 지난번 쓰나미에 이은 원전 사태의 엄청난 재난 앞에서 속수무책이 되는 것을 본다. 앞뒤 가리지 않는 대발철시의 '밥심'이 오히려 위력적일 때가 있다.

借古述今